I0764876

EL SOLAR DE ADO

Gustavo Gac-Artigas

El solar de Ado

Ediciones Nuevo Espacio
New Jersey, 07704 USA
http://www.editorial-ene.com
ednuevoespacio@aol.com
First Edition, Mayo 2003
ISBN: 1-930-879-37-7

Entra en ti mismo y descubrirás el
universo y los dioses

Oráculo de Delfos

—¿Por el ombligo?,
preguntó mi tía-abuela, la sempiterna
señorita Hermenegilda de las Mercedes.

Ese anochecer me encontraba en el balcón, es decir me encontraba en el trópico por lo que en el trópico toda casa, proyecto de casa, cuatro guaduas o tres bloques de barro que se respeten tienen balcón y a decir verdad, sobre todo, los ricos caseríos que arremeten contra el mundo de la pobreza reinante tienen balcones donde se adormecen las ideas y los sueños.

Ese anochecer me encontraba paseando en el destartalado y polvoriento balcón los pies mojados por las lágrimas de dos vírgenes que tan sentimentales como la desgraciada protagonista de *Tu madre no es una cualquiera, es una esclava del amor* las derramaban en eterna competencia con mi tío-abuelo Niobé el Inconsolable, motivados uno por el placer de derramarlas, las otras por el placer imaginado pero no alcanzado. Por el placer recorrido palmo a palma en las largas y calientes noches de espera -crueles noches por lo largas como largo era el que no llegó- por lo calientes, lo que hacía aún más ardiente el deseo en las vacías y ardientes noches en que la brisa no sopla, en que el sudor corre mojando las lágrimas y los coquíes silencian su canto de amor, y la palmera disminuye su cimbrar y la última imagen se detiene antes de llegar al ojo, y la mano en el aire se detiene en la mitad de un adiós, y en los otros cerros los amantes no llegan, la espera no se va y el grito se detiene en la garganta, mas el tiempo, el tiempo que poblaba las largas y ardientes noches de mis tías-abuelas no se detenía en esa espera inútil y desesperada, y en el cerro del frente el colgado se podría de hastío mientras yo, cuyo cuerpo explotaba de deseo al contacto del polvo de las estrellas, yo, cuyo sexo abría paso a los sueños y a los rayos de la luna me encontraba paseando ese anochecer en el balcón observando las tres tumbas que, invisibles, demarcaban el solar de Ado. Sobre ellas, formando un círculo, la luna me observaba.

—El círculo es la imagen perfecta de aquello que no tiene principio ni fin, dijo la reverenda Conchi. —Representa el alma en su inmortalidad, en cambio la cruz que forman las tumbas significa la incertidumbre, la angustia del cruce de caminos, la elección y el estado de ansiedad que ésta conlleva.

—Si hay sólamente tres tumbas hay tres puntos y entonces no hay cruz, dijo, matemática, mi tía-abuela la sempiterna señorita Hermenegilda de las Mercedes, —y por lo tanto si no hay cruz no hay cruce de caminos, y si no hay cruce de caminos no hay elección, concluyó filosófica.

—El cuarto se encuentra donde te pares, le contestó enigmática la reverenda Conchi. Si de ahí vas hacia el norte encontrarás aire, claridad, pero te enfrentarás al enigma; si por el contrario vas hacia el sur te encontrarás con el agua, la inocencia y el amor; si tomas hacia el oeste te encontrarás con la tierra, vitalidad y fuerza; y finalmente, si caminas hacia el este encontrarás el fuego, el espíritu y la pasión, pero si te equivocas de camino encontrarás la muerte, por ello la ventaja del círculo mágico.

—¡Chacha!, entonces llevo la muerte en mí, dijo aterrada mi tía-abuela Veremunda Nonata tratando de salvarse equilibrando su humanidad sobre un solo pie.

Y yo seguía paseando mi pensamiento entre el círculo de luz que apuntaba al séptimo de mis centros de placer, aquel donde reside el alma y se encuentra el pasaje hacia el universo, aquel en el cual convergen el espíritu y la materia, la tierra y el cielo, el séptimo centro, aquel que cuando explota en el placer baña el cosmos con sus gotas para dar nacimiento a la aventura; y yo, inocente, paseaba mi pensamiento entre el círculo de la luna que alumbraba mi frente y la sombra de las tumbas que enmarcaban mis recuerdos dispuesta a descubrir el secreto.

Me senté en el centro del círculo, dejé que mi energía se enraizara en la tierra, dejé que el fuego subiera por mi cuerpo purificándome y levanté los brazos al cielo pidiendo a los espíritus me acompañaran en mi búsqueda.

Para relajarme intenté recostar mi espalda contra la enredadera sin recordar que entre nosotros, los desheredados de fortuna, existen los balcones, mis hermosos y harapientos balcones, mis satisfechos y hambrientos balcones, mis poblados y a la vez solitarios balcones, pero no muros que los encierren; mis balcones, espacio suspendido en el viento por donde se pasean mis sueños.

Mi espalda acariciando el viento, pude sonreir y apoyarme en mi sonrisa y en la brisa que recorría los polvorientos corredores por donde se pasean conversando las esperanzas perdidas con los deseos abandonados que hoy cargan sobre sus espaldas los únicos sobrevivientes de la masacre, cientos de gatos sarnosos que pueblan el cerro y se desperezan en los hermosos balcones vacíos de amor habitados por los suspiros de aquellos que, estripando los gongolíes, los atraviesan para desaparecer en el solar de Ado.

—Utilice albahaca blanca fresca, yerba buena y ruda verde, comenzó la reverenda Conchi, la celebrada mentalista de Santa Olaya. —Si le fuera posible, continuó —córtelas de propia mano una noche de luna llena y preservelas, para que conserven sus poderes mágicos, en el vientre de un coquí recién destripado. Déjelo secar a la luz de la luna durante siete días y al amanecer del séptimo muela los elementos en una cáscara vacía y disperse cuatro puñados del polvo a los cuatro vientos repitiendo en voz baja:

albahaca de mis amores
haz que el amor me encuentre,
yerba buena, ruda verde,
haz que el fruto penetre en mi santuario,
mi solitaria crica, mi ardiente chochita

Coquí, hijo de mi tierra,
mágico engendro de mi tierra,
no abandones mis suspiros
no permitas que decesen mis deseos.

—Disuelva el resto del polvo en un vaso de agua y escupa un buche hacia el último viento repitiendo:

albahaca que te seques
yerba buena, yerba ruda
que te seques.

Coquí, que te cocino en agua hirviendo
y silencio tu canto
si el amor no habla.

—Deje caer el resto del agua entre sus piernas frotando suavemente la crica de movimientos circulares mientras repite: San Agapito, dale la mano a Santa Zenobia y que entre ustedes, mi amor con . . . (repita aquí el nombre de la persona deseada) mi placer encuentre.

—Chacha, espera, que se me quedó en la casa la guía telefónica, dijo, sonrojándose mi tía-abuela, la sempiterna señorita Hermegilda de las Mercedes.

—Si el coquí era fémina y estaba satisfecho continuó, ignorándola, la reverenda Conchi —¡ah!, la buena ventura alargó su mano hacia su fuente, siete serán los deseos cumplidos, siete los años de dicha, siete los orgasmos alcanzados.

—En ese caso sería la coquí y no el coquí, la interrumpió, sexista, la sempiterna señorita, y si es como las del cerro . . .

—En caso de que el objeto del amor no responda a las espectativas, dijo con cierto airecillo burlón la reverenda Conchi para enseguida retomar su seriedad y añadir —sáquele mientras duerme el pelo más cercano a la fuente de la vida y estírelo entre sus muslos. Repita todo el procedimiento cambiando el final por: San Agapito, suelta la mano de Santa Zenobia y que a . . ., diga en voz alta el nombre del ex-objeto del deseo, se lo lleve el Chupacabras. Queme el pelo dando la espalda a la luna y regrese sobre sus pasos hasta el balcón. ¡Ah!, al llegar a su dormitorio ponga a San Antonio de cabeza.

—¡Chacha!, el olor a chamusquina que va a salir del cerro, se dijo, constatadora, la sempiterna señorita Hermegilda de las Mercedes, marcando de paso la doble erre de cerro, esa erre velar, vibrante sonora, fricativa sonora, fricativa sorda que comienza con una ge y en el camino recuerda que es erre y termina, avergonzada de su desvío, con una tímida sonoridad, apagada, casi como pidiendo excusas, esa doble erre que proclamaba de gutural acento el origen cerrgho-caribeño de mi tía abuela, la sempiterna señorita Hermenegilda de las Mercedes.

En la esquina izquierda del solar sobresalía una palmera la que se inclinaba peligrosamente sobre el precipicio, en el lado derecho un tamarindo jugaba inútilmente a escaparse de su cárcel denunciado, sin quererlo, en sus intentos por el cascabeleo de sus frutos al ofrecerse al viento que enterraba nuevas ilusiones en la tierra estéril, y al fondo, muy al fondo, desapareciendo en las primeras aguas, sobrevolando mi mirada siete negros manchones, las siete quebradas de la muerte, siete, maldecidas por otros tantos dioses, siete, custodiadas por otros tantos demonios, siete, habitadas por mis miedos, siete, paralelas a los siete centros orgásmicos de mi cuerpo, siete cual las siete llagas o los siete dolores de la madre del elegido. Tras ellos se distinguían las luces del Viejo San Juan y entre ellas, inconfundibles, las luces de la callejuela donde mis padres soñaron vivir una hermosa casa colonial invadida de orquídeas, de invisibles flores inundando con su aroma los rincones, de amarillos suspiros enredados en el aire celeste y cristalino, con un patio interior bañado de luz y viento para que mi hermano y yo jugáramos, con espacio para amarse, con una blanca terraza para que paseara el pensamiento, con una hamaca para que sus sueños descansaran, con un corredor de viejas baldosas conversando en un susurro de recuerdos.

Hermosa casa de blancos muros, hermosa casa que movía sus gruesos brazos de adobe en eterno y secreto combate con los gongolíes, hermosa casa que mis padres habitaron tomados de la mano riendo, sus ojos abiertos, los párpados cerrados sonriendo felices, corriendo en sus deseos sobre un miserable camastro de madera, hermosa presencia del tiempo inexistente que yo me prometí habitar algún día.

Hermosa casa del sueño suspendido que desde la lejanía se distinguía entre las desordenadas lucesitas que cual amores furtivos atraviesan el Viejo San Juan, hermosa casa marcado su rostro por la espera, frágil sueño que demolía la brisa del mar y de la que me separaba más allá de las rejas, más allá de las siete quebradas de la muerte, más allá de su presencia eterna, como una maldición, el solar de Ado.

Punzándome la espalda sentí la mirada de mi abuelo, su nieto abuelo Marieta, presencia indestructible que resistió el paso de los siglos alimentándose de la sangre de los sueños de sus innumerables hijos producto de tristes y rutinarios encuentros cada vez que su barco, vientre insaciable, velas desafiando al viento, erguido mástil, encallaba en Puerta de Tierra. Trece veces tocó tierra, trece, pero una de ellas lo hizo navegando desde el cielo; esa fue la primera noche en que una nave cruzó sobrevolando el cerro.

No, fue la tercera, la primera fue cuando fueron expulsados de la Tierra de Abajo y repartidos en los doce mundos, doce, que al igual que las tres tumbas, contenían otros mundos en su interior y puertas que escondían otras puertas que separaban la realidad de lo imaginario, y fue al cruzar la frontera entre la Tierra de Abajo y Puerta de Tierra que su memoria fue borrada de la memoria colectiva hasta que regresaran, puesto que su retorno está anunciado y redescubrirán su herencia divina y volverán a ser dioses como en el principio cuando todo era sin serlo.

—Señor todo poderoso, que vuestra misericordia se extienda sobre nuestros hermanos Los Antiguos que dejaron la tierra, comenzó a invocar mi tía-abuela María Treniá. —Señor nos atrevemos a invocar vuestra indulgencia en favor de nuestros hermanos que fueran expulsados de Puerta de Tierra, para que regresen sanos y salvos a ocupar el puesto que les pertenece.

—Tierra de Abajo, no Puerta de Tierra, Tierra de Abajo, y fue la tercera vez que una nave cruzó el cerro, dijo la reverenda Conchi retomando el hilo —puesto que fue esa vez que dejaron como testimonio un ser mitad hombre mitad bestia, mitad vampiro mitad ángel, un ser que se escondía en el límite que separa la imagen de lo imaginario.

—El Chupacabras, susurró aterrorizada la sempiterna señorita Hermegilda de las Mercedes y fue tanto el miedo que nos invadió que hasta Tata dejó de chupar los huesitos de una patita de cerdo, tanto era el temblor de sus dientes.

—Yo fui testigo, dijo la Resucitada, la que por su condición podía ver más allá de la oscuridad. —Lo que voy a relatar sucedió, y sucedió en Ponce. Encontré la jaula perfectamente cerrada con pestillo y sin ningún roto que pareciera hecho por animal o humano para penetrar en ella.

—A mí no me venga con alusiones personales, la interrumpió de virginal voz la sempiterna señorita Hermenegilda de las Mercedes. Además sépalo, añadió de altanera y experimentada voz —roto de propia mano no es vergüenza ni pecado.

—La jaula de los pollos, continuó la Resucitada atravesando de una mortal mirada de desprecio a la sempiterna, —la jaula de los pollos estaba cerrada y otras gallinas cluecas y con pollitos que estaban fuera de la jaula se encontraban en perfectas condiciones. Cuando fui a darles comida encontré a los siete pollos con las cabezas partidas y sin tripas. Lo raro es que no había rastros de sangre ni estaban descompuestos, susurró.

—¡Ave María Purísima! Yo tenía razón, era

el Chupacabras, dijo la sempiterna.

—Gloriosa Santa Bárbara, mi Virgen Negra Lucumí, comenzó a rezar mi tía-abuela la Santa Rivera. —Tú que naciste en esta tierra y por tus dotes te elevaste sin ayuda a las más grandes alturas, admiro tu grandeza y en ella confío para que me libres y protejas del fuego, hechicerías, muertes repentinas, cuides los alrededores de mi morada contra malas influencias, contra la envidia, los celos, la mala fe, el mal de ojo y el Chupacabras.

—Amén, exclamamos todas a coro.

—Sin embargo no había de qué tener miedo, dijo, sin que nadie la escuchara la reverenda Conchi. —El ser pertenecía a los elegidos que habían superado la separación artificial del cuerpo y del espíritu, a aquellos que sabían que la luz de abajo, que la evocación de las doce horas de la noche, que las almas solitarias que revolotean alrededor de los pozos y sonríen en la curva perdida del camino les habían permitido entrever el temible camino de la resurrección. Había aprendido en su trayectoria por los doce mundos a unificar sus dispersados miembros, sólamente que por ser de los malditos no logró controlar su evolución póstuma, y como en el espacio lo visible se confunde con lo invisible, al reunir sus partes desmembradas se le mezclaron las carnes putrefactas y lo poseyeron diferentes almas puesto que perdió en el juego de la balanza.

—Le salieron los huesitos cruzados, dijo sin decirlo mi abuela Justina .

Y los deseos se confundieron y alcanzaba el goce sólamente al ir secando el cuerpo trasplantado en él; el goce era tal que el alma poseída le exigía que la purificara para iniciar a su vez el viaje en el momento de su nuevo nacimiento en la tumba recién cerrada.

Fue éste el primer signo que indicaba que había terminado su peregrinaje por los doce mundos, que había habitado las veinticuatro ciudades sagradas y comenzaba el camino de regreso. En este lado, el primero se preparaba a desaparecer.

Su nieto, mi abuelo, abuelo Marieta, resto de vida, radiografía de la muerte que se aferraba a la vida y del cual nadie se explicaba cómo continuaba vivo; viejo zorro que había sorprendido a la muerte descubriendo el secreto de la vida eterna y que continuaría viviendo para siempre agarrado de los sueños de su descendencia autodescendiéndose y presto a morir de cuerpo inútil para poseer el pensamiento. Su nieto, abuelo Marieta, comenzaba a echar raíces en sus pies, raíces que se prolongaban más allá del recuerdo cruzando el solar de Ado para ir al encuentro de las tres tumbas.

Despojo de la historia y por ello inmortal testigo de la historia de mi cerro y mi familia, silencio de la historia que brillaban con grasa de iguana dos viejas, las más viejas entre mis tías-abuelas, aquellas que sumidas en la desgracia estaban sin quererlo a punto de descubrir el secreto de mi familia y del cerro, aquellas que envueltas en el penetrante aroma a amoníaco que se escapaba de la historia acariciaban sus esperanzas acariciando las piernas descarnadas de mi abuelo mientras la más pequeña, la de los cabellos descoloridos, aquella que de tanto añadirse orín de cucubano para borrar sus negros pensamientos había logrado desteñir a manchones sus negros y desgastados cabellos, sus desgastados sueños, a manchones su reseca piel de mujer que nació seca para el amor y que sin embargo, ¡bendito!, estremeciéndose de placer frotaba de húmedos golpes que arrancaban sollozos a la marchita piel.

Mi tía-abuela la sempiterna señorita Hermenegilda de las Mercedes que, tubitos en el pelo, pincitas en el corazón, pétalos amarillos de flores secas en los calzones, latidos en el sexo, enagua agujereada de deseos, viento paseándose en los derrotados senos, descarnado trasero ofreciéndose a la palmera, hormigas caga fuego subiendo por sus piernas, se ahogaba en su deseo frotando el pensamiento.

Mi tía-abuela que gastó de tanto frotar el grueso metal del caldero que compró a los conquistadores para cocinarle algún día a su conquistador, caldero que anunciara a grandes voces el quincallero que apareció en la cima del cerro jurando por todos los dioses que las habichuelas cocinadas en tales recipientes atraían macho, que el arroz con coco cocinado en ellos despertaba las pasiones, que el tembleque que de ellos salía haría explotar los jugos y temblar el sexo de los amantes, que el jugo de las habichuelas en ellos cocinadas regeneraría los sexos agotados por los temporales, que la sartén entonaría chisporroteantes cantos de amor en los cerros cubriendo para siempre el silencio de los lechos vacíos.

Ella, mi pequeña tía-abuela, la sempiterna señorita Hermenegilda de las Mercedes, que al igual que el caldero y la sartén no conociera el fuego pese a los tres ser violados diariamente por cuanto aroma brotaba en el cerro, el del man-gó-piña que jugueteando con el del culantro bajaba malicioso por el camino, el del semen derramado en la noche en casa de las muchachas y que desafiando la costumbre subía por el camino pregonando los amores secretos, el de los sahumerios que a media noche quemaba la reina de la gallera para que el incrédulo creyera, para que el creyente olvidara y para que un viajero se detuviera el tiempo de un suspiro y se llevara a la mayor de sus hijas la que comenzaba a languidecer de carencia mientras tejía interminables trenzas con los pelos que cubrían su cuerpo y su vergüenza.

Ella, sempiterna flor de mayo, mi tía-abuela, se perdió en las esperanzas perdidas al igual que se perdieran gran parte de sus cabellos, ella que nunca pensó que yo la observaba con el pensamiento, raspaba su árido sexo con el dedo gordo de la historia pensando con odio en mi madre, la única que logró escapar, escapar pero prisionera de su propio sueño.

—¡Chacha!

La sombra de la nave formó un triángulo al límite del solar y ese signo me llevó a descubrir el lugar secreto en que estaban las tres tumbas, ello me llevó a descubrir por qué la historia no podía salir del solar hasta el día en que la nave alzara su último vuelo.

—Sin embargo hubo uno que cruzó, me decía el pensamiento, y a ese uno me dispuse a encontrarlo.

En la tercera curva del camino la lánguida Edelmira, mi prima, la doncella causante de tanto sahumerio e inútiles novenas puesto que sufría de carencia, enfermedad cuyos síntomas más evidentes son la presencia de vapores en la cabeza, vellos mustios, vientos con sangre y calenturas por dentro, cansada de esperar en vano para ayudar a la suerte decidió hacerse una limpieza.

Bañó cada escondrijo de su triste cuerpo de virgen forzada, aceitó con aceite de ángel sus pelos sedientos de deseo de que alguien los destrenzara de placer, perfumó con esencia de rascapacha sus piernas sudorosas impregnadas del olor de los suspiros que escapaban de su sexo, se untó las sienes, el plexo solar y el vientre entre el ombligo y el vello pubiano con un aceite preparado con aceite de oliva, mirra, canela y benjuí, rellenó la gruta con noventa pétalos de una flor amarilla y enseguida agarró el botón del amor con esas sus manos acostumbradas a acariciar el vacío para producir el placer solitario.

Ella, mi prima, la volcánica Edelmira, tal como se lo aconsejara la reverenda Conchi, comenzó el ritual al séptimo día de la luna en cuarto creciente, a fin de alcanzar a terminarlo en el segundo día de la luna nueva, puesto que el segundo día es de buen agüero y la persona conocerá la dicha.

—Afortunadamente lo hizo así, dado que de realizar la limpieza en luna menguante se hubiera vaciado y sólo le hubiera atraído malas ondas e insatisfacción, dijo la reverenda Conchi.

—¡Chacha!, no es justo, ¿por qué a mí nadie me avisó lo de la luna? dijo, de ronca voz reclamando, la sempiterna señorita Hermenegilda de las Mercedes. —Lo del aceite y el fruto me lo dijeron, y daba picazones, dijo soñadora —pero lo de la luna no me lo dijeron y es cierto, una vacía el vacío y al cabo de un tiempo sólo trae malestar, insatisfacciones y malas ondas.

—De todas formas no habría sacado nada con saberlo, ella nació al sexto día de la luna nueva y por lo tanto sus sueños no se cumplirán, me dijo mi tía Veremunda Nonata.

—Al séptimo día, continuó la reverenda Conchi, —y para expulsar al espíritu, a partir de esa fecha arrojó sobre su cuerpo, invocando a Yemayá, agua de mar impregnada del aroma de la flor de Jericó. Con su sexo la absorbió cual esponja para luego espantar la soledad, para desahumerizar con ella la entrada de su dormitorio; para inundar con ella, para bloquearlo, el pasillo que comunicaba su aposento con el de su madre, la reina-guardiana; para bañar con ella, para abrirla, la cuerda de tela que bloqueaba el camino hacia la hamaca; para bañar con ella, para despejarlos, los siete agujeros que se secaban de espera; para bañar con ella, para aceitarla, la tercera curva, aquella que desesperada de falta de amores se arrojó en la quebrada.

Hecho esto esperó, esperó la puerta abierta, la ventana abierta, el pensamiento abierto, las piernas abiertas, los dedos en cruz, el sexo adolorido de hambre, los labios humedeciendo el vacío hasta que respondiendo a sus llamados un caminante cubierto de polvo llegó.

Apareció en la primera curva del camino, camisa 'e garabatos de lienzo mayorquín, chaqueta color de pelo 'e chango, pantalón alistao, enzapatao, bigotito brillante sobre la sonrisa, cabello engominao pa'que no se le escaparan los pensamientos, sombrero 'e palma pa'que no se le cocieran las ideas, macos negros desvestidores y un cigarrillo colgando del resquicio de su boca, sin papeles pero con bolsitas de polvo de sueños en sus bolsillos.

—A Edelmira se le erizaron hasta los pelos de la chocha cuando lo vio, dijo una voz.

—Y a quién no, dijo, humedeciéndose, la sempiterna señorita.

—Y así fue nomás, dijo mi tía Veremunda, —lo vio y se abrió; él llegó, golpeó la gruta roja con su tallo de jade, la golpeó suavemente cual un coquí se apodera de una mosca, poseyó su lengua sin hablar, lubricó el deseo con la leche tibia de sus senos, la recorrió lentamente deteniéndose en el ombligo, bajó a impregnarse de la esencia de rascapacha, destrenzó de sabios dedos el último nudo y cuando el líquido de Edelmira comenzaba a escapar incontrolable la poseyó, entró por las doce y ella se fue por las seis, se fue de irse y de ida y lo siguió hasta la muerte del deseo al igual que su madre siguiera, antes de tener papal dispensa, a su primo-hermano, el insolente pero apuesto apostador que le indicó de firme mirada y sonriendo de segura sonrisa el ojo del huracán.

Tras el paso, Edelmira, con disimuladores besos y risitas le arrancó siete pelitos los que unió de siete nudos mientras pedía siete deseos, y al ir a mencionar su nombre se dio cuenta de que aún no lo sabía, lo que sí sabía es que cuando se lo pidió, —dame la leche papi— se la dio, y que de ahí en adelante esa leche le pertenecía y se la seguiría dando cada vez que la pidiera por lo que con los siete pelitos formó un anillo con el que le amarró el mafafo y se lo jumó.

—Y si una amarra un deseo, ¿también sirve?, preguntó, esperanzada, la sempiterna señorita Hermenegilda de las Mercedes.

—¿Desde cuándo se juman las nubes?, le respondió con mala fe, destruyendo sus ilusiones Veremunda Nonata.

—Desde que tú amarraste un mafafo, le retorcó con aun peor fe y tonito de buscabulla la sempiterna señorita.

Y en silencio ambas continuaron frotando con más fuerza las piernas descarnadas de la historia sin atreverse a llegar a la zona en que ambas se juntan y se encuentran los deseos.

Y yo soñaba mientras dejaba que el viento tibio acariciara mis nacientes senos y mi frágil cuerpo estremeciéndolo de placer despertando en él las llaves secretas del amor, aquellas que mi madre no llegó a transmitirme antes de su desaparición pero que sin embargo me entregó en el momento de mi concepción al igual que la madre de Edelmira se las transmitiera en el momento de la explosión, y que más allá de la sangre fueron las llaves y no el secreto lo que nos unió, aquellas llaves que guardé escondidas en mi pensamiento esperando el momento de utilizarlas, abrir las puertas y escapar, escapar del solar de Ado y mi destino.

¡Escapar!, el sueño de mi madre, de mi prima, de mi abuela Justina, de su nieta la resucitada abuelo Marieta, de la dama de blanco, de la reverenda Conchi, la hembra elegida por el espíritu para ser poseída por los cuarzos la medianoche del sábado en que se conmemora la tercera conjunción planetaria de Urano y Neptuno, la mismísima noche en que apareció por primera vez la Moriviví en el cerro y . . . —Y las arañas se detuvieron el tiempo de chupar una patita de cerdo, musitó hambrienta, la sempiterna señorita Hermenegilda de las Mercedes, . . . y el viento arrastraba el grito de la pesadilla, las lágrimas de ellas, las soñadoras del deseo, de ellas, las hembras de mi cerro, de ellas y de sus gemidos solitarios que regresaban noche tras noche a la curva de Adelaida Rivera en busca de sus pasos ya vividos y de la puerta del escape.

Y sin embargo hubo uno que cruzó, resonaba en mis oídos sin que lograra ubicar de dónde venía la voz, pero claro, todavía no había aprendido a escuchar en redondo.

Pero antes de ello, antes de que existiera ni siquiera en el pensamiento la primera de mis carceleras, antes incluso de que mi abuela Justina reventara en jugos y de que un fotógrafo tomara la única foto que de ella existe, antes del primer grito interrumpido, mi abuelo -el primero de la rama de la desgracia, su nieto abuelo Marieta- allá por la época de Calixto II cruzó el canal de la Mona saltando sobre los cadáveres flotantes en busca de la puerta que lo conduciría a la fuente cuyo líquido detiene la búsqueda al ablandar la piedra laja.

Y mi abuelo, su nieto, abuelo Marieta, se perdió un amanecer dejando la isla para ir a sumarse al batallón de desarrapados que poblaban el mundo de las tinieblas, el mundo de sombras que forma la tierra al proyectarse en el espacio, el mundo del crujir de espaldas, el mundo de los sueños gastados antes de soñarse. Fue la primera vez que cruzó la puerta de la ilusión, aquella que conduce a la primera puerta, la de la desilusión. Trece veces la cruzó, trece, y al cruzarla por la décimotercera vez, la puerta desapareció para dar paso a una nueva puerta, aquella que conduce a la primera tumba.

—A mí me pasa lo mismo dijo la sempiterna señorita, —cada vez que creo que lo voy a alcanzar se me enfría y tengo que volver a comenzar desde la primera caricia.

—A mí en cambio se me recalienta y parto a toda vela acotó burlona, Veremunda Nonata.

Para ayudarse, tomó una moneda la que puso dentro de una lata -lata que había dejado abandonada la primera hembra que le cruzó subiendo el camino del agua- puso en su interior tres cucharaditas de miel, un poco de esencia de raspacacha que le robó a mi abuela Justina, y diluyó todo con un poco de su orín. Lo dejó reposar durante tres noches seguidas a la luz de la luna. Al comenzar el cuarto día sacó la moneda, la limpió con agua florida y sin siquiera mirarla la puso en su bolsillo.

—¡Chacho! por eso la historia huele a orines, dijo, olfativa, la sempiterna señorita Hermenegilda de las Mercedes.

Esclavo sin saberlo, nieto de esclavo sin saberlo, descendiente de aquel que arrancaran arrancando el amor a su tierra, esclavo en su mísero cuerpo, sin saber descifrar el mensaje se perdió en el lenguaje al encontrarse con una lengua extraña en extrañas tierras.

Su mente se extravió buscando raíces en aquel hermoso parque que negaba sus raíces a los miserables, su sonrisa comenzó a desnudarse de tanto triturar recuerdos, se perdió anclado en puerto extraño, su espalda resistió el paso de miles de pesados bultos que encerraban el fruto cortado por otros machetes, viejos, oxidados y mellados machetes.

—Como el mío, abuelo Marieta, con los dedos de su dueño marcados en el mango como mis dedos quedaron incrustados en el corazón del flamboyán esperando mi regreso, esperando mi regreso al solar pese a que nunca logré escapar, pero eso usted lo sabía, lo sabía y sin embargo no me lo dijo, ¿por qué abuelo Marieta?

Y una vez más abuelo Marieta guardó silencio por lo que abuelo Marieta sabía.

—¡Qué espantosa es la idea de la nada!, comenzó a murmurar para que todos la oyéramos mi tía-abuela María Treniá. —¡Qué dignos de compasión son, continuó progresivamente levantando la voz, —oh, Señor, aquellos que creen que la voz del amigo que llora a su amigo se pierde en el vacío y no encuentra ningún eco que le responda! Oremos hermanos, gritó —para que nuestro pensamiento rompa el cerco más terrible, el cerco de la soledad que encierra al primero.

Y hasta el vacío guardó silencio ante la sabiduría de sus palabras sabiendo todas que cuando el cerco de la soledad completa el círculo no hay escapatoria.

Sus sueños se adormecieron cargando los enormes cadáveres de rugosa piel, cargando los dolores desgarrados aprisionados por gigantescas redes tejidas de codicia, cargando el botín del saqueo que aprisionaba los aromas de la tierra mezclados a las dulces esperanzas de los ojos y al salado sudor de las frentes de otros infelices que como él, esclavos sin saberlo, habían logrado escapar para ir a encerrarse entre el frío y la desesperanza.

Su erguida espalda acarició uno a uno los frutos robados en lejanas tierras pero terminó arqueándose al igual que la palmera azotada por los huracanes; su ojo izquierdo comenzó a mirar con desconfianza los maderos abandonados buscando aquel del cual saldría la astilla traidora que se lo arrancaría junto a su última esperanza, que se lo arrancaría de cuajo en venganza por haber visto lo que no debía; se sintió color en descoloridas ciudades y se encontró, descendiente de esclavo al fin y al cabo, con los suyos, los míos, los nuestros, los espejos perdidos abuelo Marieta; encontró mi abuelo la fila de aquellos que mendigaban un mendrugo de esperanza, e hizo su turno.

—Entonces, ¿él vio al primero?, preguntó la sempiterna señorita.

—Al primero y a la primera, replicó la reverenda Conchi, por lo que en la historia hay dos, dos en uno, una en dos o una en uno, uno en una; pero en la historia, si se sabe interpretarla, siempre hay dos aunque parezca una.

—Y el otro ojo, ¿pa'onde estaba mirando?, preguntó Veremunda.

Y el espejo me sonrió.

—¡Chacha!, si le sacan los dos vería solamente la mitad, continuó frotando la sempiterna, y con temor estiró lentamente la mano hacia la otra pierna haciendo, eso sí y por primera vez, un desvío con el tentagallinas por la juntura.

Por voluntad de aquel que todo regía y para

equilibrar la vida fue guiado por otro ser extraviado en esa selva de metal y cemento, de vientos fríos de amor, de interminables escalas y polvorientos vidrios rotos que reflejaban la triste sombra de un recuerdo desvaneciéndose, y atravesando la primera marcha que le indicaron, se perdió en la selva de raquíticos árboles creciendo, como pidiendo perdón, en las cicatrices de los viejos muros.

Guiado por sus propios recuerdos olió la mierda sin olor de tristes palomas buscando un olor reconocible. Llevado por la curiosidad sonó inútiles timbres de puertas sin bisagras y forzado por la necesidad terminó fregando platos, lavando sueños, perdiendo sus jugos frente a interminables rumas de platos sucios, de platos lamidos por ásperas lenguas que arrancaban entre sollozos el olor perdido de una lejana especia sabiendo que no sabían cuándo, en medio de tanta hambre, podrían pagarse nuevamente otro sollozo, otro recuerdo de esa tan lejana caricia materna, de esos dedos acariciando su piel hasta hacer surgir el jugo más secreto de las hojas al añadir la albahaca a la hirviente salsa, única muestra de cariño que conocieran, única vez que los jugos se mezclaran en un alegre canto de amor, única vez que engendraran la alegría y hasta la salsa explotaba en jugos desbordando la vieja y saltada olla, única vez que vieran la sonrisa dibujada en los labios de aquellas que al parirlos, en castigo, les transmitieran su dolor.

Lenguas ásperas que perdían su suave, lejano y melodioso lenguaje a cada lamido que daban mientras los grasientos pelos de las barbas reproducían sin quererlo alegres melodías con sabor a vientre, con sabor a especias, con sabor a las lágrimas que condimentaron el adiós, con el roji-alegre sabor a amor y el verde-amargo sabor a paz.

Asperos dedos que faltos de tener a quién acariciar reproducían sobre los platos la triste melodía de las palabras que pueblan las cartas que alimentan los sueños, y hasta la sal se mojaba en el fondo inconsolable de los saleros de viento mientras las lágrimas de mi abuelo limpiaban los últimos recuerdos de los platos, y sin darse cuenta iba limpiando los velos de la oscuridad devolviendo la luz al universo primigenio puesto que la eternidad es inmutable y una, y todo cuanto contiene el universo ha sido, es y llegará a ser, y todo es doble en todo.

—No, no es que sea doble, dijo la reverenda Conchi, —es que al cruzar la última puerta hay un espejo y la muerte de aquí es la lógica prolongación del nacimiento allá y la vida de allá no es otra cosa que la prolongación de la muerte acá y una lleva en sí el movimiento y la otra la energía; y una es y la otra es su doble; el problema radica en tener claro en qué dirección mira el espejo.

—¡Ay!, doble la soledad, exclamó, aterrada, la sempiterna.

—Entonces, ¿el universo y una es uno?, se interrogó Veremunda y su pensamiento comenzó a viajar en otra dirección.

Al rebotar la luz, un rayo golpeó sus recuerdos y por única vez se preguntó si sería fiel a su recuerdo aquella que quedó esperando llevando en su vientre al primero de la estirpe, y en el fondo del plato se formó un arado.

Entusiasmado mi abuelo, sobando la moneda, preguntó si sería afortunado o desgraciado en el juego, y por la ventana entró un aire frío que derribó dos huesos que cayeron cruzados.

Preocupado, mi abuelo salió a caminar preguntándose el significado mientras los titulares de los diarios contemplaban burlones a ese hombre de caminar chueco y vacilante que desde siempre caminara chueco y vacilante por lo que nunca caminó en lo suyo, por lo que al salir del cerro le faltaba mundo, explicándole lo que pasaba a mi abuelo que ajeno pasaba esquivando los cuerpos que caían de las ventanas de los altos edificios de vidrio, esquivando los diarios que alargaban sus páginas para burlarse de sus ojos. Mi abuelo que, el brazo arqueado, el codo al aire, en milenario gesto se rascaba la crinera arrancando sollozos a su cabellera sintiéndose culpable al ver a esos apresurados señores de corbata ahogando la palabra, de piernas escapando de estrechos pantalones que destruían el deseo, de estrechas y lustrosas chaquetas impidiendo el paso del viento, de almidonadas camisas estrujando el amor; señores que tras haberle negado un trabajo abrazaban un maletín de cuero de lechona, porque no se comen el cuero dorado y crujiente de la lechona, no se lo comen, ¡lo hacen maletitas abuelo Marieta!, y dando un beso al viento se arrojaban por las ventanas cayendo a sus pies, para pedirle excusas pensaba mi abuelo sintiéndose un poco culpable y molesto, sobre todo molesto por lo que lo único que había entendido era el movimiento de la cabeza abanicando la negativa. Molesto por lo que los había visto como tristes, como desesperados de ese desespero que lo invade a uno cuando se encuentra con la piedra laja, molesto por lo que cuando reventaban en el cemento la sangre le salpicaba sus zapatos, aquellos que reservaba para el día en que triunfante regresara al cerro, allá, a Minillas, allá, al solar, allá bajo la palmera, allá bajo las faldas, aquí, en el primero y último de los doce planetas, abuelo Marieta.

La bolsa cayó, le decían en el barrio, cuando mi abuelo contaba su desgracia, y mi abuelo miraba su bolsa vacía sin lograr entender.

—¿Qué significa el arado y qué los huesos cruzados?, preguntó la sempiterna.

—El arado, explicó la reverenda Conchi, —significa que el cariño de la persona amada no será puesto mas que en ti, y los huesos cruzados le advertían de no jugar dinero en adelante, ni cosa que le valiera, y si hubiera sabido leer habría sabido que en los diarios ofrecidos por rojas e inocentes manos los negros titulares de helada sonrisa hablaban de cifras contando cifras sin entender la diferencia entre el ser y la nada, contando vacías cifras en vez de sabrosas historias.

La gente los leía y suspiraba en ese extraño país en que las cifras arrancan suspiros y oraciones y se reza de acuerdo a la cifra que se posee y quizás era por eso que se arrojaban por las ventanas sin antes haber aprendido a volar, por eso y por maldad, por puro manchar los zapatos y ensuciar los espejos para ocultar nuestra imagen, abuelo Marieta.

En el camino descubrían con sorpresa que su vida no había tenido sentido, que la importancia radicaba en saborear el paso del 0 al 1 pero ellos iban cayendo en sentido contrario, del ser a la nada.

Cuán diferentes de los rojos titulares, ofrecidos por negras manos, que nos hablaban de la vida y de la muerte, la vida y la muerte contada a través de amores en las hojas que el viento desparramaba por la Isla, aquellas que incluso mi abuelo, ciego de letras, podía leer de encontrarse abrazando a mi abuela en el ojo de un huracán, de encontrarse en la espalda recogida por el miedo al cruzarse con el temible animal que volvió a poblar las noches del barrio al igual que al comienzo cuando todavía no llegaba la luz.

La criatura nuevamente sangró de sangre los deseos, dos agujeritos dejaba, sus patas delanteras eran más cortas que las traseras, su cuerpo cubierto de pelo lo hacía parecer un mono sin ser mono, el gatear lo asemejaba a un perro sin ser perro, sus alas lo asemejaban a un pitirre sin ser pitirre, parecía sin parecer y dejaba dos agujeritos al chupar los deseos, decían los que lo habían visto.

Y uno se reconocía en el miedo y por ello se le reconocía; rojos titulares de encontrarse de espiar a la vecina con el vecino, no ése, el otro, si no, no sería noticia, de espiar no de maldad y desesperación de perro encerrado sino de amor. Y los del cerro eran olor, eran viento salvaje, eran sangre en las manos y en las piernas. Nosotros, los del cerro, existíamos abuelo Marieta, existíamos y merecíamos los rojos titulares que día a día contaban cómo se habían movido las hamacas, los puñales y los amores en las noches del Caribe.

Existíamos abuelo Marieta, y como prueba está el entierro que encontraron en el solar de Policarpio quien provisto de una máscara hecha de panties negros, un cuchillo en la mano, trató de ultrajar a su propia hija, por lo que en el cerro cada solar tiene su historia y cada límite su entierro, y la madre de la desgraciada por lo que atentó contra su propia sangre lo denunció desenterrando panties de todos los colores y tamaños que, para ultrajarlo, arrojó flotando sobre el cerro amarrados de los fragantes y ásperos pelos rizados de las víctimas, y para su sorpresa el último salió flotando amarrado no de pelo y de vergüenza sino de mensaje, de mensaje en el que se leía:
—Papito, quiero que me hagas el amor otra vez. Mi marido no me hace el amor como lo haces tú.

Te espero a las seis de la mañana que es la hora en que me pongo bien . . . Papito, guarda estos panties de recuerdo. ¡Te amo contrallao!

Todos los maridos miraron con más interés que nunca la página deportiva mientras en la mente trataban de recordar cuál de los panties había desaparecido de circulación.

—¡El amarillo!, el amarillo con la flor transparente a la altura de la crica, ¡chacho! si era mi favorito, trepaba la flor desde la juntura hacia el ombligo y por la malla se escapaba el olor mientras la breva se abría dejando aparecer el rosado fruto, humedeciendo el pensamiento, dijo alguien pasando de una tumba a otra.

—El Chupapanties, dijo, con deseo mal disimulado, la sempiterna señorita, —y los míos que los dejé en la ventana y se apelmazaron en la espera. ¡Te odio contrallao!

—¡Ay qué fría está la silla!, dijo burlona, al sentarse, por puro chavar a su hermana, Veremunda Nonata.

—Si es tan bueno como dicen no veo por qué no me lo pidió a mí, en vez de asaltar a su hija, dijo con despecho la Moriviví mientras desataba uno de los lacitos de sus panties.

¡Existíamos abuelo Marieta! Existíamos al igual que el primer muerto existió y su nieta la Resucitada existió y la dama de blanco existió y sus sollozos eran reales y no fruto de mi imaginación como me dijeron. Y usted lo sabía, abuelo Marieta. Y para que yo existiera él existió y eso yo también lo sabía, y hubo uno que escapó, uno que encontró la puerta y eso lo intuía; lo que todavía no sabía era por qué lo asesinaron, y eso usted lo sabía, y las noches se movían y las olas se acercaban saltando por sobre las siete quebradas de la muerte y subían hasta el solar de Ado y nos cercaban y ahogaban el recuerdo, no así el cerco de la soledad.

Por eso existíamos abuelo Marieta, yo para saber, usted para contármelo.

Su nieto, mi abuelo, abuelo Marieta, aprendió a violar en el pensamiento el recuerdo de mi abuela al trasladar sus negros cabellos y su inexperto sexo campesino al sexo agresivo y sabio de la prostituta que vendía estremecimientos a ese ejército de desarrapados, trasladando ella a su vez, los sucios sexos que la penetraban al recuerdo del sucio sexo de aquel que se quedó. Uno y otro se escondían en su doble, esperando ambos regresar en una segunda memoria, uno para sin ternura, la mente puesta en lejanas tierras, los sueños extraviados en los espejos y las escaleras hacer otro hijo que marcara territorio, ella, rogando que ni los golpes, ni la hamaca, ni el solar comprado gemido a gemido tuvieran dueña.

Uno, los sueños, los ojos y los pasos mutilados; ella, su cuerpo destrozado, sus caderas escapándose de los negros y raídos pantalones, el usado vientre buscando por el suelo tanto fruto abandonado en el aborto, tanta juventud perdida en falsos gemidos, tanto esperma desesperado chorreado sobre sus piernas y su aliento, su aliento dejando escapar el alcohol hediendo a recuerdos, su sollozante aliento suicidándose en los profundos y amargos surcos que cruzaban su cara de hembra sin sonrisa, de hembra nacida para amar pero que no conoció placer. Ambos ofrendando el primer gemido a Aggayú puesto que era el único capaz de atravesar las aguas cargando sobre sus espaldas un deseo, y además por lo que era miércoles; ambos, con temor, puesto que aquellos que conocen su poderío le temen, con temor pidiendo permiso antes de evadirse en la búsqueda. Y así fue, pese a todo, incluso en los tiempos de los tiempos, en las tinieblas de los mundos oscuros la vida nació y prosperó.

—Nos violaban aquí, nos violan allá, y a eso le llaman prosperar, ¡chacha!, si a veces hasta me dan ganas de que se me desvíe el pensamiento, dijo la sempiterna señorita, —y si no lo hago es porque sé que de que hay un mafafo para mí lo hay, así me lo prometió Yemayá, aunque sea el de mi Changó, porque de que lo hay, lo hay, afirmó de voz sin convencimiento la sempiterna señorita Hermenegilda de las Mercedes.

—Abuelo Marieta, dijo sorprendido mi abuelo, —la piedra laja, la piedra que corta el pensamiento se apoderó del corazón del solar, la piedra laja late en la tierra ardiente del solar, abuelo Marieta, la piedra laja melló mi machete y el pensamiento resbalando sobre el pasto cual sierra cortó mis raíces, abuelo Marieta.

Y dicho esto, tomando un gran sorbo de aceite de ricino para purgar la mala suerte y un vaso de pitorro para atraer la buena, dio media vuelta y bajó el primero la colina violando de violento sexo el fragante sexo de mi abuela en el tercer recodo del camino del agua apoyando su trasero sobre la palmera, transmitiendo su cimbreante caminar a la palmera que amorosa empujaba el deseo, las mariposas azules revoloteando alrededor del néctar.

—Cuando el machete ya no corta es señá de que llegó el tiempo de irse, suspiró hablando por primera vez el abuelo Marieta mientras aspiraba el olor de la brisa que producía el cimbrar de la palmera y de mi abuela Justina que sorprendida por la voz explotó cual guanábana madura al caer del árbol.

—Ya lo sabía yo, dijo la sempiterna. En el ceghrro una explota de sorpresa no de placer.

—La sorpresa es que una explote, le replicó de voz cinematográfica mi tía-abuela, la Moriví.

Así fue, por el olor a champola insatisfecha que se paseaba por el cerro, que supe de la existencia de mi abuela Justina. Justina, brisa desatada, hembra que nunca miró hacia atrás por sobre su hombro, hembra brava, hembra de caminar chueco desparramando deseos, hembra de no desandar sus pasos ni desear un recuerdo, así era Justina, hembra de amarre mi abuela Justina.

Por el olor a champola y a coco ya que abuela Justina se paseaba por los huracanes sus negros cabellos pegados al pensamiento con aceite de coco, y en el medio de la tormenta desgarraban las nubes los rayos surgidos de sus sedosos cabellos coronados por una diadema de cocuyos.

—Nuestra Señora de la Regla, musitó Santa Rivera.

—No, esa tuvo 16 y mi abuela Justina 13, y además Changó jamás habría osado poner los ojos sobre mi abuela, dije contradiciendo por primera vez a una de mis tías-abuelas.

—Cuenta la leyenda que Changó quiso poner algo más que los ojos en los labios de su madre, dijo la sempiterna. —Por eso en castigo Yemayá lo invitó a navegar y luego lo arrojó de la barca para evitar que la mácula fuera conocida por su marido y evitar la tragedia.

—Pero una madre siempre es una madre, por eso lo salvó cuando estaba al borde de la muerte y desde ese momento Changó adoró a su madre Yemayá, concluyó la defensora de los valores familiares y redactora de los finales felices, mi tía-abuela Veremunda Nonata.

—Por ello la tragedia tuvo lugar. Soñaste mal, le dijo la reverenda Conchi a Veremunda.

Mi abuela Justina, isleña de rojos y finos labios destinados a otros labios que jamás conoció, —los de Changó, ya lo sabía yo, musitó de mitológica voz, la sempiterna, —y que sin embargo noche a noche saboreó, brisa de negros ojos que aprendieron los primeros a mirar por sobre el solar hacia el mar infinito que besando la arena en la lejanía hacía estremecer su cuerpo, mi abuela Justina, gemido del tiempo detenido, fue la primera que subió.

—¿En qué se subió?, preguntó, con picardía, la sempiterna señorita.

—En el cerro chacha, en el cerro, y respete a su madre, le replicó Veremunda Nonata.

—Como si ella no quisiera subirse, dijo de

voz baja y despechada, la sempiterna.

—¿Qué?

—Nada, decía que cuando no hay clavo para clavarse, bien vale un amarre, contestó la sempiterna, chupando el tentagallinas. —A propósito, mi madre se subió al menos trece veces, dejó caer con malicia la sempiterna.

—Solamente trece, es que era de esa clase de hembras que quedan preñás con sólo oler los calzoncillos, explicó Veremunda.

—A veces una preferiría que no le achunten a la primera, replicó la sempiterna, y ambas rieron cómplices en el deseo.

Y mi abuela movió sus caderas aprobando trece veces desde la tumba. Sólo yo entendí que no era de aprobación pidiendo explotar en fuego que se movía, que lo que pedía era que no utilizaran su cuerpo simplemente como horno para hacer crecer el pan.

Subió cargando sobre sus espaldas un enorme caldero donde destilaba sueños, cargando sobre sus hombros una vieja maleta de cartón, cargando entre sus piernas su sexo paciente e inagotable pero oculta fuente de placer, piernas jóvenes que se abrieron alegres una sola vez, la última, aquella en que engendró a mi madre, aquella en que se dejó poseer solitaria por una solitaria matita de café, aquella vez en que se enroscó para que le llegara hasta la garganta apretándolo de piernas tristes, besándolo de todos sus labios, descubriéndose en el deseo, cargando sueños ya gastados de niña que quería seguir siendo niña y de la que los adultos exigieron que abandonara su sonrisa de niña abrazando una muñeca, niña de deseos de niña, sus pequeños senos sin madurar, su cuerpo sin florecer, su primer deseo no satisfecho -el de jugar con otros niños de pies desnudos en las noches de luna llena- antes de que el varón, su nieto abuelo Marieta, pisoteara su cuerpo, niña que satisfizo su deseo una sola vez, cuando concibió a mi madre, su nuera, abuelo Marieta.

Y por eso me río, por eso sé que seré feliz, aun cuando cumpla con mi destino.

Por el olor a amor desparramado mezclándose con el olor a coco fue que supe de la existencia de Justina, mi abuela, hembra de piernas tristes que la llevaron de paso firme la primera a enterrar sus sueños al solar del hijo recién engendrado, del primero de todos, el primero de los trece, el primero de la tribu, el primero de los que, amantes sin amor, poblaron el cerro, el primero de todos, mi tío-abuelo Ado.

—¿El del solar?, preguntó la sempiterna.

—¡Cállate!, aguda, le replicó Veremunda.

—La ventaja de ser el primero es que se es singular por excelencia, que nada le antecede y que lo que viene está delante, además el primero es la creación de sí mismo y ello lo vuelve invisible; es al comenzar a dar los nombres de los que le siguen que encontró el significado de sí mismo y fue ahí que comenzó a ser visible, me dijo la reverenda Conchi.

En las alas de los lagartos azules estaba escrita su historia, en el olor su existencia y en el polvo del camino su realidad, en el primer círculo decía que fue un martes de esos de eclipse lunar en que envuelta en una nube mi abuela abandonó las colinas sembradas de coloridos techos de Naranjito, mosaico de esperanzas construidas en frágil equilibrio sobre la falda del cerro, sueños levantados sobre peñonales suspendidos en la hierba que se balanceaba sobre el río y cuya corriente los devoraba cuando perdiendo el camino en una curva se arrojaban al barranco. Mosaico de esperanzas que resistía a las lluvias, a los huracanes pero no a las ilusiones perdidas perdiendo así sus colores en la curva del camino al igual que perdieran sus colores las ilusiones de mi abuela cuando partió lechoneando por el río la Plata en busca de su libertad dejando atrás para siempre el sonido de las bolas de billar persiguiéndose inútilmente sobre el sucio tapete del único billar del viejo café que apoyado en una esquina de la plaza vigilaba las hembras a la salida de la misa de once.

Desde el borde del camino las lechonas le sonreían de dorados dientes sus piernas abiertas a las lanzas que ardientes cruzaban sus sexos, las lanzas, que desgarraban sus entrañas, las lanzas que se estremecían cuando salían por su boca, los labios acariciando agradecidos la punta. Y las lechonas se retorcían de placer dorando su piel, dejando escapar sus jugos para alimentar el fuego hasta que la carne se abría poseída por el afilado machete y entregada se abría e iba a caer sobre los platos de cartón salpicando un palito de ron, aplastando un gandul que se acercó demasiado, chorreando de grasa los deseos, las sonrisas y las largas conversaciones de dejar pasar el tiempo contemplando La Plata y los sueños que él arrastra.

Mi abuela Justina -sapiente fuente del amor que no conoció el amor hasta el día en que la última matita de café la poseyó- antes de desvanecerse indicó con sus gemidos que el camino y mi madre, la última de los trece, habían llegado hasta la cima del cerro. Y al coronarlo mi abuela Justina, la de las piernas sonrientes, comenzó a desvanecerse en medio de una nube de polvo navegando en la última mariposa tal cual estaba escrito en el tercer círculo, y al fondo del solar de Ado, en el límite que separa la imagen de lo imaginario, las tres tumbas agregaron la simiente a su cuerpo, vistieron su cuerpo de luz y abrieron una nueva puerta.

—Yo fui la décimosegunda, y es cierto, me hicieron sin placer y sin amor, dijo con tristeza la sempiterna señorita. —Quizás por eso . . . Y se interrumpió, atragantados los recuerdos.

Y mientras mi abuela se desvanecía, la reverenda Conchi bautizó a escondidas a Adelaida Rivera, y los lagartos registraron en sus alas la primera risa de su historia y la segunda tumba cerró suavemente una de sus puertas.

El trópico me envolvía, el trópico pegajoso que en su ardiente y húmedo vientre hace crecer todo en un segundo, pozo de vida donde todo madura en tres, pozo de muerte donde todo se pudre en siete, cocimiento de los huesos del primero y del último, el trópico donde todo está hecho de amor, de amor y de vacío.

El tiempo pasado fue carcomido por la sal de las primeras lágrimas, las lágrimas secaron el arroyo de agua cristalina desenredando los caminos, el viento que surgía del movimiento de las manos de mi padre abría las puertas cerrando las ventanas y su cuerpo se evaporó una noche dejándonos un sueño hecho de sueño y ese insoportable dolor de huesos que produce el verdadero amor, ese dolor para el cual no existen palabras para describirlo.

Soñaba, soñaba y transmitía el sueño y sin embargo lo asesinaron, lo asesinaron pese a lo mucho que lo amaba por lo que miró por sobre su hombro y los descubrió, pero como le dijera abuelo Marieta, él no conoció a mi abuela Justina, pero conoció el olor a champola paseando por el cerro por lo que ese jamás se desvaneció y satisfecho reapareció en mi madre, en mi madre y en Adelaida Rivera, y mi padre también lo olió. Como ve yo sabía el porqué, abuelo Marieta, y por eso, a diferencia de los míos, aprendí que para vivir hay que hacer como usted, vivir de jamás mirar para atrás.

—Y si no se sabe dónde está el delante, ¿qué se hace? preguntó la sempiterna señorita Hermenegilda de las Mercedes.

—¡Chacha!, delante está pa'lante dijo dando otro paso mi tía-abuela la Moriviví desbarrancándose mientras su grito rebotaba llevado por el eco.

A decir verdad mi padre miraba en redondo y la vio venir pero ya estaba cansado y la dejó acercarse, es que al encontrarse con ella por tercera vez uno como que la ayuda para encontrar al fin el significado del sueño, y su descanso.

—¿Entonces ésta de dónde salió?, inquirió, sospechando, la sempiterna señorita.

La primera vez que de visión vi a mi padre estaba sonriendo, siempre sonreía, pero se le notaba que todavía no sabía mirar en redondo y que su destino estaba ligado a Saturno.

—¿En qué se le veía?, preguntó astrológica la sempiterna señorita Hermenegilda de las Mercedes.

—Tú cállate, las mujeres hablan cuando las gallinas mean, la silenció, sin respetar la regla, Veremunda Nonata. —Cuando llega el momento de las revelaciones una se calla.

—Como si siempre una no anduviera callada. Callada cuando revelan, callada cuando no revelan y cuando una se rebela la callan, murmuró la sempiterna, y desafiante añadió: —a propósito, anoche soñé con una gallina meando, y se agachó rápidamente para evitar el cocotazo.

—Saturno, continué, proporciona un aspecto frío, medio triste, medio sombrío. Se le notaba en la barba negra que invadía su rostro, en los ojos hundidos en las órbitas negras, en su cabeza inclinándose hacia la tierra que no poseyó, en su cabeza inclinándose hacia el universo que no poseyó, en su cuerpo largo y delgado y en sus pasos cansados que tampoco poseyó.

Y en castigo por evocar los recuerdos borrados el trópico me abrazaba, el trópico que enloquece al pensamiento y al amor, el trópico que sacude los deseos al abrir los exhuberantes caminos del placer, el trópico que explota en melodías que enredan los recuerdos, el trópico generoso que hincha hasta que explota de dolor la lengua del miserable que meado de perro acaricia sediento la flor de un meaíto creyéndolo un flamboyán, el trópico que mezcla sus jugos en el licor que enloquece el pensamiento calmando los sueños y amortaja los cuerpos en descoloridas hamacas que ofrecen sensual sepultura bajo las palmeras hamaqueando los testículos, hamaqueando el sexo de varón, hamaqueando el sexo de la hembra, hamaqueando confundidas las espaldas y las piernas y el sudor cayendo en ducha sobre las cucarachas que besaban los vasos llenos de ron vacíos de amor y el agua de coco explotando en el orgasmo añadía un poco de razón de ser en los vacíos vasos.

El trópico se me pegaba a la piel haciendo

explotar los poros en una cadena interminable de volcánicas erupciones marcando las mejillas cual si fuera la lengua áspera de la iguana y no la lengua ardiente de los hombres la que se paseara marcando la piel de caricia. El trópico sostenía los vacíos balcones donde mi padre desapareciera dejando enterrada su sonrisa en el solar de Ado, su sonrisa que en las noches de luna llena se escapa por una ventana para venir a sonreirme en secreto, para acariciarme escondiéndose para que no la vean, su sonrisa que me susurra historias de antaño, historias de lejanías ya lejanas para él e inalcanzables para mí mientras doy vueltas y vueltas buscando la salida del solar protegida por su sonrisa, único y amado bien que dejara mi padre a mi madre y mi madre a mí, único y amado tesoro junto al sueño de nuestra hermosa casa colonial en mi Viejo San Juan.

—Pon un vaso con agua al que atarás una cinta de tres colores, los preferidos, me aconsejó la Reverenda Cochi, —tres en uno, me sopló abuela Justina. —Si lo deseas puede ser el rojo, pero debe ser natural y venir del día en que la regular llega, el amarillo, si amarillo deseas, lógralo untando la cinta de amarilla saliva de envidia de vecina y el azul, si azul elegiste, que salga del rocío humedecido con las lágrimas de la luna.

—A mí me dijeron que el amarillo tenía que provenir de los goces más profundos de la gruta sagrada, dijo la sempiterna, —y que mientras más espeso y salado es mejor.

—Y si la blanca cinta se pone amarillenta amarrada del mafafo, ¡chacha!, añadió Veremunda.

Y por primera vez mis tías-abuelas expresaban sabiduría.

—Disuelve en él albahaca blanca o morada, continuó humillada la reverenda Conchi . . . —Colócalo en el piso donde mortal presencia no lo vea y prende una vela adornada con el símbolo de tus deseos. La vela tiene que flotar sin apagarse en el agua bendita y en la noche durante siete tormentas antes de acostarte frota tu cuerpo con ella y bebe un sorbo del agua cuidando de no tocar el vidrio con tus labios. Pronto llegará.

Pero yo ya sabía que la receta no funcionaría, que no regresaría tan fácilmente puesto que a mi padre lo desmembraron en catorce pedazos que dispersaron por el mundo y su recuerdo lo enterraron en tres tumbas como era la costumbre. La voz me había dicho que no regresaría al primer llamado pese a que tras su desaparición mi madre logró ocultar parte de su recuerdo en el corazón de un flamboyán, que sacrificó un gallo en su honor, y que con su sangre untó el dedo meñique para abrir el primero de los siete agujeros -la boca- liberando así el recuerdo para que pudiera volver a caminar por el solar.

—¡Ay chacha!, dijo la sempiterna señorita con la boca hecha agua, —¿Alguna de ustedes sabe dónde arrojaron el mafafo? Porque aún sin el resto un mafafo es un mafafo y debe ser un manjar de dioses.

—¿Probaste las patitas de cerdo?, le preguntó mi tía-abuela Tata.

Antes de que mi padre desapareciera en la tercera puerta del serpenteante camino que llevaba a la primera tumba, al inicio de la época de San Leoncio del que se decía era el segundo, a la altura de la séptima parada del barco errante del que se decía que en él viajaba el obispo, en la época en que la risa aún reinaba en el cerro y en que el segundo barco pasó navegando por el cielo, subió la segunda, casi hermosa en su desgracia, mi prima segunda Casandra. Mi prima segunda, la del secreto secreto.

—¡Doble secreto!, ¡chacha!, como si en el cerro se pudiera esconder un secreto. Además lo que le pasó no es un secreto sino más bien una costumbre, dijo lengüetera la sempiterna a punto de revelar el secreto, y hasta al eunuco que guarda la entrada del cerro le dio una cagaera de miedo de que esta vez hablara más de la cuenta.

Y sin embargo existía un secreto, en el solar, en medio de nosotras, y sin embargo era secreto.

Casandra era como medio abembá y no sufría de carencia ya que había sido destrancá y a las destrancás se les reconoce por lo que sufren de vientos en la crica y Casandra caminaba de sonriente ventolera entre las piernas y si caminaba casi hermosa, pero como medio triste en su desgracia, lo que pasa es que la tranca se la llevó San Ciriaco.

Mi prima segunda, mulata alta y delgada de chillona, húmeda y fuerte voz característica de las muchachas criadas a voluntad de los caprichos del viento y de los cerdos que, en secreto conocido, desde pequeñas las violaban.

Mulata de generosas caderas y desaparecidos senos, Casandra, diosa del amor que se descubrió en un desvencijado diván una sudorosa tarde en que abrió sus largas y saladas piernas al insignificante cuerpo de su insignificante pretendiente, a ese cuerpo traspasado por el hambre y marcado por las frustraciones, al ¡oh, tropical sorpresa! descomunal sexo de su pretendiente, esa daga hambrienta de amor al igual que el mafafo de los pobres dominicanos que se pasean sin papeles por el trópico vendiéndolo a coloridas y viejas turistas, a descoloridas y viejas isleñas simulando ser rubias y coloridas turistas, vendiendo el instrumento al mejor postor sin poder escoger entre las repulsivas caras embadurnadas del rojo de la primera vez, del morado de la última, del amarillo del marinero que pasó sin detenerse derramando sus enfermedades, del verde desvaneciéndose en el blanco, del blanco desvaneciéndose en los sueños, del azul esperanza vana, del negro desesperanza esperanzada y de cuanto color herido quisiera tapizar la piel carcomida por la espera.

Rostros de solitarias guacamayas que gracias a la luz cómplice recuperaban la juventud perdida; solitarias guacamayas que en los bailes de los sábados remataban un simulacro de caricia, simulando todos expertos simuladores; simulando blanco, simulando negro, simulando sonrisa, simulando amor, buscando que al introducir la llave en la cerradura ayudados por el ritmo salvaje de la música brava surgida de las maracas y los güícharos les abrieran las puertas del inexistente cielo, simulando orgasmo al sentir la gastada rasqueta pulsar el sexo mientras el amor naufragaba en la tormenta al igual que naufragaban las yolas que traían a las mujeres de los tristes amantes de los bailes de sábado en la noche desde la cercana y destrozada República Dominicana.

Pobres seres devorados, los hombres por sexo seco de afiladas varillas, las mujeres poseídas por el tiburón, y las guacamayas juntando nuevamente las monedas para pagarse otro baile y otra torpe y desgarradora caricia acompañada de un te amo si se pagaba el doble, de un te amo o solamente de un suspiro por lo que a veces la palabra se queda atragantada y las guacamayas juntando los chavitos mientras le ruegan a San Benito, ¡Ay bendito San Benito!, que alguien se compadezca y diga te amo antes de ver el billete, y así parezca amor.

Y por más que se pague cuando una se está lavando acuclillada en el baño lo único que salen son secos polvos y no amor y los dedos acarician el líquido para sentir su textura y saber si alguno de los gemidos fue verdadero y la leche no aparece por ninguna parte y el agua regresa cristalina, hedionda pero cristalina, sollozando pero cristalina, y en cuclillas una echa más agua para tapar la vergüenza y las lágrimas, y en voz alta, por si algún conocido escucha, dice, ¡Papi! que bueno estuvo, mientras el agua regresa, ¡bendita! para sin quererlo hacer arder la pobre y adolorida crica.

—¿La tuya también?, le preguntó, compasiva, la sempiterna señorita a Veremunda Nonata.

Y el sí salió desde la cima del cerro hasta el fondo de las siete quebradas de la muerte.

Una tarde, le decía abuelo Marieta, una aciaga tarde de tropical tormenta, tarde en que la telenovela: *Tu madre no es una cualquiera, es una esclava del amor . . .*

(Voz emotiva y velada de mujer abandonada que oculta un terrible secreto)

—Cierra la ventana hija mía.

(Voz de mujer joven y despreocupada que denota no conoce su verdadero origen)

—Pero mai no hace frío.

(La madre de voz envolvente y dolorosamente susurrante)

—No es por el frío hija mía, aunque un escalofrío recorrerá tu espalda cuando escuches lo que tengo que decirte.

(Música)

(Corte comercial)

—Con el auspicio del insecticida Real Kill, real asesino de molestos bichos, de Ripolín, el fantástico ayudante de la mujer latina que borra hasta las huellas de la vida y de Cottonell, el papel sanitario de las reinas de belleza, Cadena Nueva Visión, siempre al servicio de la sacrificada

mujer latina, presenta un momento de sinceridad en su popular secciónnnnn:
(música)

—Llamados del corazón.

Locutor sobre la imagen de Real Kill apachurrando una cucaracha, de un sonriente trasero de mujer limpiando grasienta cocina con Ripolín y de Miss Universo encerrándose lascivamente en el baño sacando el tubo de cartón del rollo de Cottonell . . .

—doy paso a nuestro primer llamado del corazón:
(De voz aterciopelada y susurrante)

—Soy una joven apenas madura, sin marcas en el cuerpo, divorciada, sincera, romántica y profesional. Mis gustos son simples como lo es la vida que sueño y ofrezco compartir, amo bailar, ver la telenovela y comentar El Vocero. Si te consideras un caballero sincero y formal espero tu llamada. ¡Dame de eso si te atreves!
(Corte musical)
Locutor (de profética voz):

—Y como dijera nuestro santo del día, San Antonio: a vino viejo odre nuevo, así que atención a ese joven a las puertas de cuyo corazón llama hoy el destino. Eso sí, sincero y formalito no como el padre de María a quien su madre, nuestra sufrida heroína Raquel Rodríguez, esta tormentosa noche de confesiones y escalofríos iba a confesar el terrible secreto que cargaba en su conciencia . . .
(Corte musical y regreso a la telenovela.) La madre, de voz que denota la mujer que ha vivido una exhaustiva vida de inagotable dolor expiando su

culpa en este valle de lágrimas:

—La brisa que atraviesa el agujero dejado por traidora daga en mi corazón por lo que debes saber, hija mía, que un amor traicionado deja frío agujero y un estigma marca nuestra familia desde hace treinta años, nueve meses antes de tu nacimiento cuando tu padre me abandonó a mis deseos y conocí a . . .

Y la voz sincera y la imagen acongojada de nuestra heroína Raquel Rodríguez viajando en busca de su pasado absorbió, por sobre la hora del rosario y del estruendoso y aterrador silencio producido por los candados sellando las rejas que encarcelan las noches de Puerto Rico, por sobre los ojos de mi vigilante tía-abuela quien sin poder despegar los ojos, los oídos, las habichuelas quemadas del fondo de la cacerola y su alma de la boca de Raquel, nombre utilizado por la protagonista desde aquel aciago día en que la desgracia selló su destino, desgraciada y latinoamericana mujer que al fin iba a descubrir a aquella a quien llamaba hija el nombre de su verdadero padre y la verdadera profesión de su madre y el porqué Perfidio -a quien sus labios llamaban hermano y al cual pese a lo que le había hecho y a lo incestuoso de la relación no había dejado de amar- lo mataron equivocadamente una aciaga tarde de tropical tormenta, como aciaga era la tarde en que los corazones apoderándose de la palabra en la telenovela *Tu madre no es una cualquiera, es una esclava del amor*, absorbieran la atención de mi vigilante tía lo que hizo que soltara las rodillas de mi prima Casandra quien aprovechando la ocasión se abrió abriendo el paso, abuelo Marieta.

Al sentir su presencia los dedos chuecos de habitar zapatos chicos se estiraron en un espasmo celestial, un resorte del viejo y desvencijado diván se clavó en su monumental trasero y su bemba tocó el cielo en estridente trueno de tropical tormenta, en un divino ¡aleluya hermanos! seguido de una negra maldición de mi prima Casandra cuando el órgano de su pretendiente desapareció llevado por San Ciriaco acompañado por el alarido ronco y desgarrador de mi prima.

Devastador e inhumano huracán que se llevó para siempre el televisor de mi tía, la cacerola de aluminio hediendo a habichuelas quemadas, la marquesina del vecino, el secreto de la esclava del amor, la familia de Raquel Rodríguez, el elegido del cerro del frente y la razón de vivir de mi pobre prima que sudando, casi hermosa en su desgracia, sus piernas largas y flacas, sus pies descalzos agradeciendo al viento que se llevó sus gastados pero siempre pequeños zapatos, sus dedos chuecos acalambrados de intentar reconstruir la posición un día alcanzada en la posición, sus senos desaparecidos, su sexo vacío intentando bajar, el resorte incrustado en su trasero imprimiéndole tentador vaivén, su vientre que cosquilleaba, sus afilados dedos que lo rascaban de afiladas uñas.

Y el viento que la empujaba y la empujaba, que la empujaba a ella que empujaba el viejo y desvencijado diván por ese camino de las esperanzas perdidas que la conducía irremediablemente a enterrar su alegría en el solar que domina la montaña sabiendo que lo había perdido, que nunca lo recuperaría y por ello subía de largos pasos desandando su destino, casi hermosa en su amargura, hacia el solar de Ado y la segunda tumba.

Pobre y crédula fámula que sorprendida al conocerlo -no el final sino el comienzo de todo, el comienzo de ella y no el otro, aquél que guarda celosamente en secreto, secreto murmurado en cientos de casas en que se ocultan las pasiones satisfechas por tíos, tías, padres, madres, primos, primas, padrastros, consejeros, consejeras y madrastras, deseos colectivos satisfechos sobre las niñas que cría el viento, sobre las niñas, sobre los niños, que antes de caminar de paso firme son penetradas, perforados, por sucias tormentas tropicales oliendo a ron, oliendo a cerveza, oliendo a negras polleras, oliendo a descoloridos shorts, oliendo al deseo que jamás sintieron por sus cónyuges, secretos que no sorprenden a nadie a diferencia de mi prima que sorprendida al conocerlo-lo dejó escapar, y hoy lloraba lágrimas de rabia.

—Bendición titís, ¿lo han visto? preguntaba, mientras mis dos tías-abuelas la desnudaban bajo la mirada alerta de mi omnipresente abuelo, su nieto abuelo Marieta, bañando su cuerpo con leche de coco para purificarla y oler de paso el paso de aquel que por ellas no pasó, para con maldad aceitar con aceite de coco la entrada y luego bloquear el paso con parafina de coco entremezclada con las fibras de la vieja palmera que se deshilachaba tras recibirlas en sus nocturnas visitas para frotar su sexo en los nudos y tejerse un deseo con las tristes hilachitas, para frotar su sexo en la curvita que cambiaba la dirección del tronco y las remontaba del abismo hasta los cielos, —¡ay San Antonio bendito no permitas que se seque!, imploraba la sempiterna señorita Hermenegilda de las Mercedes, para frotar su sexo en la áspera tela ue abrigaba sus palmeriles esperanzas, para amarse de odio y permitir la entrada de miles de diminutas hormigas que estremecían sus pensamientos con su delicioso caminar en la columna del amor antes de morir ahogadas en el solitario e hirviente orgasmo.

Mi pobre y crédula prima que lloraba con más rabia desde aquel recodo del camino ubicado a igual distancia de los olores del prostíbulo que se encuentra al comienzo del camino y los olores del vertedero clandestino que se encuentra detrás de la tienda de Tongo, ese recodo de la última esperanza donde mi tío-abuelo, el octavo de la estirpe y su familia le gritaran con evidente mala fe al verla recorrer su vía crucis, ¡Aleluya Casandra!, en este trópico ardiente en que se perdieron la fe, el respeto, el consolador de mi prima y los sueños de mi padre pero no así las hormigas que continuaban, continúan y continuarán reproduciéndose en la tela que viste las palmeras para vestir las noches tropicales de aquellas a las que el trópico se les niega, me pica, como que comienza a picarme de deseo y de salida como le picó a mi madre cuando conoció a mi padre, como le picó a mi tía-abuela María Treniá aquel día en que un gallo suspendido en el ojo del huracán dando un tiro volao la violó.

—A mí jamás me picó, me hace cosquillas, pero de picar jamás me picó, dijo de melancólica voz rascándose con el tentagallinas la sempiterna señorita Hermenegilda de las Mercedes. —Además si lo hubiera encontrado, ni loca que lo decía.

—¡Chacha!, deja tranquila esa chocha, la conminó Veremunda.

—Chochita, aunque sea más largo, chochita, recuerde que yo soy señorita, le replicó digna la sempiterna.

Y yo continué avanzando hacia el triángulo formado por las tumbas allá al fondo, allá al límite del solar de Ado, allá, donde estaban los primeros dominando con su vista las siete quebradas de la muerte.

Gloria a Dios en las alturas repetía el eco cual letanía por las laderas de los cerros multiplicando el himno que entonaba el coro de beatas que, encabezado por la que en su juventud fuera la reina de las galleras y que tanta muerte llanto y desgracia provocara por su inexplicable deseo de mantenerse impenetrada, penetraba por un extremo del solar buscando moribundos a quienes acompañar a mejor vida con sus cánticos sagrados, buscando los moribundos que las numerosas familias del cerro sacaban en las noches dejándolos bajo las agujereadas latas sostenidas por cuatro vigas de tamarindo esperando que se los llevara la procesión, que se los llevara dios, que se los llevara el putas o el camión de la basura que una vez por mes, el trece de mayo, pasaba recogiendo los desperdicios y aquellos que comenzaban a oler en vida.

Que la virgen y Mamá Tutumamé las acompañen, y cuidado con la tercera tumba, repetía burlón mi abuelo mientras su ojo vacío, esclavo sin saberlo, sonreía observando a mi tía-abuela María Treniá, la cuarta de la tribu de los amantes sin amor y la mayor de su femenina descendencia, aquella que había engendrado con sangre la sangre, aquella de la que al ver pasar con los gandules colgando del sexo para espantar a los fino de boca todo el cerro murmuraba, ahí va la madre del asesino.

Y mi pobre primo que antes de dar su primer paso, antes de jugar a la bola con él, antes de hilar su primer tabaco, antes de beber la primera fría, aquella que reviviría el recuerdo, antes de que sus ilusiones desaparecieran en una descolorida foto al igual que la chiringa lo hiciera tras el cerro del fin del mundo, el séptimo cerro, el primero tras la séptima quebrada, antes de tomar conciencia de que nunca llegarían a firmar de sus respectivos nombres, que antes de pisar la arena de la gallera testigo viviente de los escondidos amoríos de mi tía-abuela sabía que lo mataría por lo que pertenecía a la familia de nuestros eternos enemigos. ¡Por ello no es asesinato!, gritaba mi primo, y si lo fuera no era su primera muerte y en todo caso si lo fuera no es el primero y cuando el destino se mezcla no hay culpa.

Lo mataría, por lo que pertenecía a los Rivera, los del cerro del frente, allá, al lado del cerro de los Ayala, ahí, entre el convento y el prostíbulo, lo mataría de muerte para acallar nuestra conciencia por lo que así estaba escrito en el camino que subía al cerro y en cuya tercera curva, antes de llegar al colmado de Tongo, a medianoche madres y prostitutas intercambiaban sus papeles por lo que en el cerro lo sagrado era profano y lo profano era sagrado y la falta de respeto respetaba.

Las mujeres, jamás los hombres, por lo que el cerro era más cerro que el de los Ayala y no traten de compararlo al de los Rivera; las mujeres cual fila de hormigas bajaban por el camino llevando en sus cabezas las oxidadas y vacías latas de manteca para llenarlas de agua en el pozo, nuestro pozo que coqueteaba con la yuca brava escondido en la selva de majagua, el agua y la raíz ocultando a los desconocidos nuestros amores y el comienzo del camino.

Los hombres, jamás las mujeres, por lo que el cerro era más cerro que el de Santa Olaya, se regaban mascando tabaco por las curvas del camino esperando agujerear la no agujereada y todas conocían su destino y de pequeñas al igual que mi madre cargaban una pequeña lata que su madre les entregaba no para que hicieran el camino del agua, no, el otro, el de la vida.

La saliva negruzca y ácida por el tabaco se regaba por sus piernas y el olor a pitorro penetraba su piel y las manos ásperas acostumbradas a agarrar el machete intentaba vanamente un movimiento de ternura antes de separar violentamente los tiernos muslos soltando un grito ronco guardado desde el fondo de su nacimiento y la careada sonrisa triunfaba contando la violación, único triunfo reservado a los hombres de Minillas y ellas desde entonces involuntariamente sonríen lascivamente cada vez que ven pasar uno, las caderas se les mueven de llamado, caminan chorreando olor y sus piernas se van y la crica se les estremece cual machete brillando al sol antes de caer sobre la indefensa mata no importa dónde se encuentren y si lograron o no que las dispensaran y no hay lazo que las detenga por lo que son hembras del cerro y descendientes de Justina, de Justina y de su nieto, abuelo Marieta.

Así lo cuenta la tercera curva del camino, la de Adelaida Rivera, así lo cuenta la espiral que sube desde la entrada al cerro, que sube desde la primera curva, que abraza al solar subiendo y que incluso cuando se cree que se baja para ir al pozo en realidad se va subiendo así usted dé media vuelta en la curva de la última esperanza, en esa donde apareció por segunda vez el Chupacabras.

—Pa'mí que el Chupacabras es el diablo, dijo la sempiterna señorita.

—No, el diablo no existe, le respondió la Resucitada, y yo vengo de allá; solamente hay dioses.

—¿Dioses buenos y dioses malos?, le preguntó Veremunda.

—No, simplemente dioses, lo bueno y lo malo no son características de los dioses, lo bueno y lo malo lo dan aquellos que los invocan, así puede haber un dios bueno y al mismo tiempo ser un dios malo, todo depende de quién lo está invocando, puede ser deseable y al mismo tiempo despreciable.

—No entiendo, dijo la sempiterna.

—Eso quiere decir que los dioses son espejos y nosotros los creamos a nuestra imagen y semejanza, explicó la reverenda Conchi, —y la bondad o la maldad se la da aquel que los invoca.

—¡Chacha!, qué responsabilidad nos dieron.

—Por eso son dioses, si no, estarían en este lado invocándolos como nosotras.

—Te invoco, dijo María Treniá, y todas exclamamos a coro: ¡cierra la bemba!

—Sólo quería pedirle a Oggún que viniera a invocarlos con nosotros, dijo con humildad María Treniá.

—¡Cuidado!, le dijo Justina, recuerda que ya una vez, aquella en que se peleó con su esposa Yemayé, vino y fue el causante del diluvio universal y solamente las aguas aplacaron su ardor.

—Bueno, pero mientras llegan las aguas el ardor puede servir de algo, invócalo, le suplicó a María Treniá la sempiterna señorita y su deseo tenía algo de divino.

Para alejarlo dibuje su figura en una hoja de plátano, envuélvala en un pedazo de tela negra, añada tres granos de maíz y un poco de tierra o polvo del camino. Convierta todo esto en cenizas, cuando el Chupacabras le de vuelta la espalda sople este polvo repitiendo: como te vas en el viento para no volver, Chupacabras no regreses nunca más.

—¡No!, retorcó Veremunda, —a las cenizas se les añade cáscara de huevo tostado, dos plumas, una de cada ala y cuando está lloviendo se tira ese polvo al agua repitiendo: así como te llevas al mar estas aguas llévate para siempre al Chupacabras.

—No, no, intervino la reverenda Conchi, —hay que amarrar las dos plumas una con cinta roja, otra con cinta negra, se le deja caer perfume de rascapacha y se esconde bajo el colchón durante dos viernes, al tercer viernes lo llevas todo al río repitiendo: como llegaste vete y que no te vuelva a ver nunca más en la vida, aléjalo San Alejo de mi camino limpio.

—No, no, el camino subía, salvo cuando, ¡gloria a Dios en las alturas!, María Treniá se iba por la cambímbora por cartucha, por andar mirándolo como sin querer mirarlo, como con los dedos limpiando gandules cuando en realidad se veía que frotaba otra cosa, como humedeciendo la vaina con la lengua para que se estirara y ello volvía locos a los machos de la gallera y la sartén de mi tía-abuela se recalentaba y olía a amores y hasta el recuerdo del primero se excitaba por esa manera que tenía de ocultar su deseo cuando a decir verdad se le notaba que ella, al igual que Adelaida Rivera, era hembra de no pedir permiso para jumárselo, que era hembra de clavar el huracán de un apretón de piernas, que era hembra hembra, hembra de esas del cerro.

—Jamás se le ha visto la espalda, además la curva de la última esperanza no existe por lo que la esperanza jamás se pierde dijo, optimista, bailando camino al río, la sempiterna señorita.

Dibuja un doble de ti mismo, proyéctalo en ti, forma un dibujo tres veces tu tamaño y proyecta en él el doble para perderte en la magnificencia de lo que no se comprende; así se utiliza la energía absorbida para transformarse en otra entidad y viajar a todas partes del universo creado e increado, indiscreta, la reverenda Conchi les indicó el camino.

Y por lo que eran nuestros enemigos les indicó el camino errado, aquél que hace que los muertos se remonten con el viento y vuelvan al mundo de los vivos para atormentarnos, muertos resucitados sin haber hecho su camino y que por lo tanto no saben qué hacer con su eternidad hasta el instante en que el espíritu y la materia desaparezcan en el frío del espacio y el alma errante se encuentre frente a su espejo y nazcan por segunda vez para vagar por la eternidad por los ríos que ponen en movimiento las galaxias antes de evolucionar en el tiempo que ya no guarda memoria y nos permitan vivir en paz.

Al comienzo de la época del gran silencio el

nieto del guindao, Juan Rivera, su eterno amigo y nuestro mortal enemigo abuelo Marieta, cansado de guardar en su alma el peso del secreto . . .

—¿Cuál secreto?, preguntó desconfiada la sempiterna señorita.

—Quizás ese fue el único secreto bien guardado en el cerro, me dijo una voz, dándome otra pista.

—Más que un secreto fue un misterio, dijo rabiando de impotencia Veremunda al no poder soñar la historia como era su costumbre.

. . . era secreto, por lo que él también sabía, lo que no sabía era que le habían indicado el secreto errado, cansado de tanta muerte que vendría, por lo que él también caería, abuelo Marieta, lo que no sabía es que ya estaba muerto, y eso usted sí lo sabía, abuelo Marieta, cansado de ver a Ulpiano de la Divina Cruz tirarse a las mujeres de su familia al subir el agua en los vacíos tarros colgando de sus hombros, por lo que él también sentía. Lo que no sabía puesto que su recuerdo se había borrado de este mundo es que él estaba al comienzo del camino del agua por lo que también era de un cerro, el cerro del frente, el cerro espejo de nuestro cerro, cansado de ver a sus hijos reventar de trópico y cerveza antes de sus cuerpos ser devorados por la humedad, el ocio y el comején, bajó un día el primero el cerro del frente para escapar hacia el futuro ocultando su pasado.

—¡Escapar; y hacia el futuro!, ¡chacho hay que ser pendejo, pendejo o Rivera, para creérselo!, como si la gente del cerro tuviera escape, como si la gente del cerro tuviera un futuro, como si el pasado de los cerros pasara, como si el futuro no lo hubiéramos vivido hace ya tanto tiempo. Tostaíto parecía el Rivera, pero no se lo advertí por ser de los Rivera y su sueño se transformaría en pesadilla, y merecido lo tenía por saber lo que sabía y por ser quien era, es decir un Rivera de aquellos del cerro del frente, cerro donde al igual que en el nuestro el pasado regresaba para revivir en el futuro y el futuro era pasado, además no se lo advertí por lo que en aquella época yo aún no existía y ellos no se habían dispersado ocultándose de la muerte bajo otros nombres en otros cerros. A decir verdad no se lo advertí por lo que en aquella época aún no sabía que al forjar el destino de los Rivera era mi destino el que forjaba.

—¡Chacha, si hasta yo . . .!, exclamó de lástima la sempiterna señorita.

—Es que hay cosas que se saben no por sapiencia, sino por haberse arremangado las faldas, explicó Veremunda.

—Es el cognos, reveló la reverenda Conchi y mis titís comenzaron a rascarse los dedos de los pies como lo hacen cada vez que no entienden el porqué las patitas de cerdo no tienen el mismo sabor pese a tener los mismos elementos, o el porqué al agarrarse la crica con cariño ésta les devolvía urgencia en vez de amor.

Bajó escondiendo a sus mujeres en las latas vacías de agua y de cariño, tapando sus agujeros con los dedos para que no se escapara el olor a hembra del cerro, encerrando sus sueños en una caja de zapatos, envolviendo los zapatos nuevos, rebajaos, brillantes, chambones, con gabetes amarillos como corresponde a un viajero, envolviéndolos para protegerlos de la desgracia en las páginas rojas chorreando la tinta de un amor desgraciado.

Bajó vestido de recuerdos, los calzoncillos de lienzo pintado, los pantalones sin una arruga, los agujeros de la camiseta planchados y almidonados para que el aire se fijara y brillara en ellos, los recuerdos deslizándose por un agujero del sombrero de paja y el hambre y el miedo en el vientre, abuelo Marieta, por lo que ellos, los Rivera, también sentían hambre y miedo.

Con el hambre pegada a la piel y el miedo a los recuerdos bajó una noche escapando a la sombra del cerro que se le pegaba en la frente como se le pegara a la primera víctima, ahí, en el pensamiento, como se le pegara al último, ahí en el corazón para que los reconociéramos el día de su regreso y pudiéramos apuntar mejor cuando se cruzaban en nuestro camino, abuelo Marieta.

Y tras él, pisándole los pasos y el recuerdo, usted abuelo Marieta.

Uno solo no la tenía grabada en la frente, el último de la estirpe maldita, aquel que se deslizaba en el pensamiento, uno solo no la tenía grabada, uno, aquel que moriría a manos de mi primo, por ello, por lo que estaba marcado no la tenía y por más que trataba de escapar a su destino grabándose otra sombra ésta se borraba inevitablemente al tercer paso y las viejas lo miraban y se persignaban, ¡Santa Bárbara que no se cruce por la izquierda!, y él sabía que la marca había regresado al centro y los cuarzos se iluminaban en la gruta y él sabía que le era imposible escapar a su destino por lo que su muerte estaba escrita en la tercera tumba.

El problema no era la muerte, si queremos vivir todos hemos de conocer el mundo de la muerte, el problema radicaba en que al morir a manos de mi primo las puertas de las tumbas se volverían transparentes y el muerto perdería su camino y estaría condenado a vagar con los indestructibles por los siglos de los siglos hasta que alguien mate a su asesino y éste lo reemplace en su viaje. El bien reemplazando al mal, el mal liberado por el bien, la estirpe maldita reapareciendo en el recuerdo.

—¿O era al revés?, preguntó la sempiterna.

Y todas miramos nuestro espejo.

El día en que por tercera vez pasó un barco navegando sobre las nubes los Rivera desaparecieron de vista y en las noticias del colmado, en los recovecos de la tienda de Tongo se murmuraba ¡Ave María Purísima!, se deslizaba entre los granos de arroz regados por el suelo ¡San Benito protégenos!, saltaba de entre medio de las yautías ¡Oyá te lo suplico!, que son brujos de brujería y no de santería ya que ni siquiera dicen los que los vieron de sombra sospechosa, los que los olieron de olor oculto, los que no pudieron terminar el acto al sentir el roce de muerte del aire agitado por los fugitivos paseando de fría caricia por sus testículos.

Que ni siquiera, dicen las brujas, cruzaron de pensamiento y menos aún de paso el Viejo San Juan para irse de la isla, no como mi abuelo, mi abuelo que les siguió los pasos pero de paso, abuelo Marieta por lo que abuelo conocía el camino y se llevó una pepa de mangó envuelta en una bolsita de terciopelo negro y cuando se sentía más miserable y más solo e inútil y cansado y como que sus huesos comenzaban a resquebrajarse y el recuerdo montaba por ellos, la hervía en alcoholado y se bebía el brevaje. ¡Ay abuelo Marieta!, se bebía el líquido para que le curara esos dolores de cabeza y le ayudara a controlar sus nervios, sus nervios y el recuerdo, y más bebía y más recordaba por lo que él también sabía y es por ello que salió de dejar paso, de paso abuelo Marieta por lo que ya las raicitas comenzaban a brotar en su vientre.

—Ese día apareció por tercera vez el Chupacabras, dijo la sempiterna y en secreto, secreto cual su amor secreto era secreto, sacó de su bolsillo un pedacito del pantaloncillo usado por su amado, cortado, con amor, de aquella parte amarillenta que roza el mafafo. La unió a otra telita cortada, con rabia, de su pantaleta manchada con aquella espesura amarillo-cafesosa que sella la que no quiere sellarse, unió las dos partes con siete alfileres poniendo antes al medio un poco de pelo de la persona amada en secreto y un poco del pelo que rodea la entrada de su gruta amarrados con un hilo rojo y uno azul, una mazorca de maíz y el nombre de los dos. En la noche enterró el amarre en la tercera curva del camino prometiendo matar un gallo en homenaje a Oyá si le cumplía el trabajito.

—De los hilos uno tiene que ser visible y revelar lo concreto, el otro tiene que ser invisible y revelar la creación y al amarrar los pelos tienes que tener cuidado de que no se escapen los deseos; de preferencia entierra el todo un miércoles y bajo un flamboyán, le sopló la reverenda Conchi.

—¿Flamboyán?, yo creía que era bajo un meaíto, ¡chacha, a mí nadie me dice na'!, exclamó moviendo lentamente la cabeza la sempiterna.

—Y de todas formas era martes, y pa'más, la mazorca se te había partido, le señaló sibilina Veremunda.

—Si aquí en el cerro parece que hasta los vientos que se escapan de las posaderas son de colores pa' que ésta los vea, se dijo con rabia la sempiterna.

En casa de las muchachas prendieron un velón para quemar el olor a soledad de Juan Rivera, en la cumbre Justina quemó en un braserito de tierra negra las telitas que escondía bajo su hamaca Ulpiano de la Divina Cruz liberando así los deseos de las mujeres de nuestros enemigos para que pudieran gozar al menos una vez en su recorrido por los sexos hediondos de aquellos que abandonaron los cerros, bondadosa Justina. El olor se escondía saltando de una hamaca a otra jugueteando entre los huecos de las viejas sábanas, paseando por los amores de las muchachas, sorprendiendo a los nuestros antes de alcanzar el orgasmo chavándoles la noche por lo que aún en la distancia seguía siendo nuestro enemigo y el humo de las telitas de las Rivera se confundía con el humo de las ardientes telitas de nuestras mujeres y hasta hubo una que comenzó a fumar gruesos cigarros y se negó a hacer el camino del agua cargando las latas vacías, y a la que se quedó comenzaron a gustarle los viejos y las pepas de mangó.

—Siempre le gustaron, dijo Veremunda, desde chiquita que le gustaban, pasaba uno y ella dejaba de jugar con su muñeca y partía tras él, sí, de chiquita que comenzaron a gustarle.

—A quién no le van a gustar, sobre todo los mayagüezanos, dijo, la boca hecha agua, la sempiterna señorita.

—Los viejos, no los mangoes, si ésta pareciera que salió tostaíta, replicó impaciente Veremunda.

—Sucedió, continuó su relato, —sucedió el cuarto día de su primera sangre cuando se encontraba detrás de una matita de plátano limpiándose las piernas, limpiándose las cosquillas que la asaltaban, cuando sintió que la observaban y continuó limpiándose no por ella, por él. Con la hojita embadurnada de deseo fue descubriendo sus muslos y su sexo a los ojos ardientes de aquél que la observaba mientras con la otra mano comenzaba a masajear sus senos hasta que los pezones tomaron la dureza del palenque. Con la mano fue dirigiendo la mirada que la envolvía abrazando todo su cuerpo, pura y casta no se atrevía a mirar hacia la mirada rogando al santo que llevaba colgado al cuello, rogando a la pomada que aleja el dolor y adelgaza la sangre que fuera el viejo que se le había revelado al regreso de la escuela, aquél que no se había atrevido no fuera que . . ., y ella, tímida, no encontró cómo decirle que sí fuera que . . . y que la diferencia de edad no y que la diferencia de edad no importaba, que al contrario, que a ella le gustaban los viejos, y pasaba la hojita cual si fuera el otro el que la paseaba por sus muslos y la lengua saliendo lentamente paseando entre sus labios la depositó sobre una lechosa, salpicando de paso una siempreviva con sus primeros jugos, ofreciéndoselos a él para que el primero la bebiera de su fuente como ella bebía su mirada de deseo.

Ese fue el primero de la larga lista, y cuando el amor los rejuvenecía los cambiaba por otros por deshonestos, por falsearle las reglas del amor y fue escogiéndolos más y más viejos hasta llegar a aquellos para los que el tiempo se detuvo, por lo que se veía que desde chiquita a ella le gustaban los viejos.

—¿Y las pepas de mangó?, preguntó la tostaíta, —por lo que abuelo Marieta se llevó una pepa de mangó, nos recordó la sempiterna señorita Hermenegilda de las Mercedes arrojando con furia su lata vacía por el barranco.

—Como a los viejos, dijo Veremunda, cuando se les acaba el jugo se les arroja por el vertedero.

Antes de desaparecer del cerro para aparecer en la leyenda Adelaida Rivera, hermana de aquel que el segundo se embarcara en la nave del olvido, vientre de gata salvaje que devora sin pedir caricias, vientre que grabado tenía en sus paredes que su destino era engendrar la muerte y la desgracia, hizo como que se agachaba a recoger un suspiro de esos suspiros escapados del pasado que vendía Tongo antes de que le llegara la hora de que lo asesinaran y dejó clavada su sonrisa en el camino para que la recogiera su único amor, mi tío-abuelo Bonifacio.

Dejó clavada la sonrisa en el camino y su hermoso trasero suspendido en el tiempo y bamboleándose en el recuerdo a altura de penetración y ese humilde gesto de amor por su cerro fue recompensado por Yemayá, es por ello que hoy es la que más gana en el colchón por lo que al pago de sus servicios añade como desafío que aquel que la haga reír en el momento del amor se lleva el servicio gratis y de ñapa una caricia de verdad, una caricia de esas de hembras bravas del cerro pero aquel que no le saca risa ni placer paga doble.

Y el ejército de desarrapados hace cola para comprar un numerito en la fila de la esperanza y nadie, ni siquiera mi abuelo, ganó por lo que a nadie se le ocurrió besar de un mismo y húmedo beso desde los pezones color sollozo de sus tetitas de mujer-niña hasta el fin de sus piernas chuecas sembradas de afilados pelos para luego, voltéandola, flexionar sus piernas haciendo que el mafafo la penetrara firme pero suavemente agarrándose de mano segura a su pescuezo y a sus caderas invitando a perderse en sus curvas para reaparecer en la curva del camino que allá en la lejanía explota en las carcajadas y los gemidos de placer y de ausencia de Adelaida Rivera.

—¿Y si sin querer la guinda?, preguntó la sempiterna.

—Más vale guindá y con las piernas acalambrás que permanecer estirá pataleando al aire esperando vacía y pidiendo sin que nadie venga y te fije las piernas, te las levante, te las doble, te las estire y se las ponga en los hombros, te las recoja, y levante una primero, luego la otra y vaya alternando el deseo estirando, recogiendo, abriendo, cerrando la gruta y te las frote y te las bese y te las recorra del comienzo a la juntura, deteniéndose en la rodilla dándole la vuelta y levantándolas para dejar resbalar la lengua por una, el instrumento por la otra siguiendo los chorritos que van a perderse en la gruta de la eternidad para enseguida penetrarte hasta que grites partiendo en jugos, le replicó, de piernas acalambradas de deseo, Veremunda.

—¡Ay!, para, chacha, que me estoy mojando,

dijo la sempiterna.

Y en esa curva los del cerro no tiran, los perros se secan de meao y hasta las iguanas pasan en punta de pie para no despertar los recuerdos.

En la lejanía Ado contaba doble los chavitos soñando con comprar de gratis una caricia de esas de verdad y sin embargo, desde la primera vez que entró a su cuarto, Adelaida Rivera se dijo de inmediato: a éste no le cobraré, pero tengo que enseñarle que la energía sexual es la fuerza creadora por esencia en la naturaleza, que hay que descubrir la magia de la satisfacción en el amor para poder dar un nuevo sentido a nuestra existencia y tengo que indicarle que esta facultad está a la mano de cualquiera.

—¿Dijo a la mano de cualquiera?, se aseguró la sempiterna.

A la mano de cualquiera la consoló la tercera curva del camino, moviendo amablemente su trasero suspendido.

—La primera vez, continuó —lo desnudé, me desnudé y nos sentamos frente a frente formando un círculo mágico con nuestras piernas y para él, por primera vez no para mí, comencé a acariciarme de largas caricias mis senos, me abrí de piernas para que su mirada me penetrara, dejé que me acariciara la columna del amor para abrir el paso al canal que lleva al punto del goce supremo, con mi mirada me acaricié del mediodía a la medianoche, de la base a la cima, con mi sonrisa lo hice girar en una espiral sin fin para marearlo y hacerle perder su timidez, coloqué mis manos una frente a otra y las froté para encender su fuego y liberar el animal que en él existe . . .

—El Chupacabras, musitó la sempiterna.

—¿Dónde dicen que se apareció la última vez?, preguntó como con disimulo Veremunda Nonata.

. . . y calmé sus impulsos para que siempre volviera a mí, aun sabiendo quién era y lo que la suerte nos deparaba, ese día en que solamente le permití recorrer mi sexo en el eje de 12 a 6 para amplificar mi placer puesto que, conociéndome, quería estar segura de que yo también lo esperaría.

—La primera vez nunca hay que cruzar el umbral del primer círculo, me dijo al oído mi abuela Justina.

—Había que emplear las tres llaves para amplificarlo, dijo Ado en el futuro, y hacer que las ondas recorrieran la gruta, se extendieran por las paredes, que se propagaran por el canal hasta que explotaran en la totalidad de la esfera pelviana y a partir de ese momento, sin detenerse en las caricias, pero cambiando el ritmo, había que prolongar el placer más allá de sí mismo dejándolo subir y bajar de la cabeza a los pies, del centro de la tierra a las estrellas mientras el placer se va y vuelve, vuelve y se va sin detenerse en su eterno movimiento y por ello jamás me abandonaría.

—La de hormigas que se deben haber ahogado, dijo picada la sempiterna, reprochando a su hermano el haber guardado para sí el secreto, y comenzó a secarse con disimulo.

—¡Chachas, pásenme una pepa de mangó!, gritó desesperada la Moriviví.

Toma un puñado de maíz en granos, colócalos en un vaso, échale un poco de ron y dentro del vaso deja caer tres bocanadas de humo de un tabaco pimpollo, arroja en el vaso siete gotas de la divina esencia y termina con nueve gotas de orgasmo retenido. Prende una vela preparada a tu medida mientras haces la petición. Terminada la petición apaga la vela, amarra siete caracoles con un hilo amarillo, siete con siete nudos y déjalos trepar lentamente por tus piernas, cuando penetren en la gruta tapa la entrada con la vela y gime, y retuércete , y llévala hasta el fondo, y grita, grita como Adelaida Rivera. Olvídate del que dirán.

—Tongo, dame un cuarto de maíz y una caneca de ron, se escuchó pedir a la sempiterna en el colmado.

—Qué raro, le dijo María Treniá a Tongo, —las muchachas están acabando hasta con la divina esencia, sin embargo el frasco de orgasmos no alcanzados permanece intacto.

— Serás boba, ése lo tienen entre las piernas, le dijo Tongo.

Virgen de la Covadonga, libera mi fuego salvaje
Espíritu de la Caridad del Cobre, haz que se inflame mi vientre
Espíritu de San Cipriano, pónmelo entre mis piernas
Espíritu de Santa Marta, amárramelo para siempre
Espíritu de Santa Elena, sujétale las piernas
Fuerzas cósmicas, ayúdenme a bañar de nombre y cariño al que me hace falta hasta que se caigan todos los pétalos de mi rosa amarilla.
Ochún, haz que mi respiración se transforme en una corriente de fuego, haz que mis senos se tranformen en dos ojos que abracen el universo, habla por mi sexo, tu boca; humedece mi columna, tu lengua; alimenta mi gruta del fuego que desciende de mis senos, del fuego que monta de mis tobillos, del fuego que me penetra desde atrás, abrázame las cade-

ras, mis redondeces, mi natural, transfórmame hasta que mi yo salvaje aflore de la caverna,

dijo rezando la sempiterna señorita.

—Pero antes de que aflore hay que dejarlo subir a la cabeza, encender los labios, enrojecer las orejas, hacer arder el cuello y una vez que todo el cuerpo esté en llamas, que cada curva explote al ser acariciada tienes que tenderte sobre el suelo y transmitir la energía al centro de la tierra y dejarte ir.

Y dirigiéndose a nosotras dijo en voz baja:

—Pero ésta, por impaciente, jamás logrará que el volcán explote entre sus piernas, botará la primera lava, humeará al evaporarse sus primeros jugos, pero la explosión, ésa no la conocerá puesto que nadie le transmitió las llaves del amor.

—Y no es la culpa de la palmera, dijo Justina, es que la hice sin amor.

—En cambio yo exploto desde la primera curva, dijo Adelaida Rivera; y yo me inflamo, pero el centro permanece vacío, se quejó la Moriviví.

—¿Qué es lo primero que hay que calentar?, preguntó Veremunda, por lo que el final lo sueño, pero no sé como comenzar.

—Desnúdate y baila siete horas como si el fuego saliera de tu cuerpo, le dijo la reverenda Conchi. —Acaríciate y deja que el flujo purificador recorra cada uno de tus pliegues, que el calor abrace cada uno de tus labios, abre tus ojos y tus labios a la imagen, rompe las barreras que impiden tu felicidad, déjate ir y ofrece tus jugos a la tierra y a la séptima hora una vara de bambú crecerá desde el centro de la tierra mojada y te penetrará y te poseerá y tus labios lo pondrán al fuego vivo y guiado por tu erupción a su vez explotará para unir su llama a tu llama.

—¿Está hablando de los espejos?, preguntó la sempiterna, y por más que sopló no logró hacer revivir el fuego de sus cenizas.

—Yo también creé un doble de mi deseo, primero me senté desnuda en mi círculo mágico y comencé a pensarlo mojando mi pensamiento hasta que comenzó a brotar la tinta de mi entrepierna, mojé el tentagallinas en ella y dibujé al interior del círculo sus ojos, su sonrisa, sus hombros y sus brazos abrazándome, dibujé un pecho sobre el cual apoyarme, un vientre sobre el cual deslizarme, unas piernas de las cuales agarrarme y la tinta se me derramó de una dejando un manchón en el lugar del mafafo.

—Por eso te falló, dijo la reverenda Conchi, —por poner mucho detalle; hay que guardar la fuerza para, apuntando con tu gruta a cada uno de ellos, enviar el mensaje a los cuatro puntos cardinales. Cierra los ojos y déjate penetrar por tu nuevo símbolo con ternura y amor y déjalo agrandar mientras te habita, mientras tú respondes a cada uno de sus movimientos, a cada una de sus vibraciones. Al cabo de unos minutos, déjalo partir para que venga a ti.

—Lo que pasa es que lo ahogaste en la imaginación, le dijo Veremunda, —a mí me pasa lo mismo, lo pienso a fondo y se va cortado y yo me quedo esperando como al comienzo.

—Había que traerlo a la vida, dijo Justina,

sacarlo de la nada, para hacerlo habitar el nuevo cuerpo, sentarlo entre tus piernas y abrirle nuevas puertas al placer para que la llama y la pasión nos invadiera a los dos, para que ambos alcanzáramos el fin más allá de nuestro cuerpo; pero para ello tenías que acariciarlo con ternura y sensibilidad y no con desesperación, no debías dejarle ver que estabas vacía sino al contrario, que él necesitaba de tu plenitud y una vez que el deseo estaba claramente establecido, solamente ahí podías invitarlo a entrar en tu círculo mágico para preguntarle qué deseaba con pasión que tú le hicieras, para que él te preguntara con ardor qué deseabas, temblorosa, que te hiciera y mirándose uno al otro en el espejo, pasar del uno al otro para crear un símbolo común y desbordar la copa de amor.

La copa simbolizaba el amor naciente, y el agua derramándose nuestro deseo de ser amados hasta desbordar el sentimiento y gozar de una energía que abriera las puertas escondidas de las tumbas y diera paso a otro universo.

Y el canal abrió paso para dejar penetrar el tentagallinas hasta el círculo rugoso que le daría a la sempiterna el placer que hasta entonces no había conocido.

—¡Chachas, esperen, que se me hizo un nudo y no logro desatar el último lacito!, gritó mi tía-abuela la Moriviví.

—¿Y si se ahoga?, pregunté.

—¡Que se chave!, me contestaron a coro mis titís.

Dimas, mi primo-abuelo segundo por secreta y vergonzosa alianza, salió del frasco como un escupitajo y se fue hamaqueando en un deseo, y sin ser del cerro por lo que lo hicieron en lejanas tierras tenía más sonrisa que los del cerro y más carcajada que la curva de Adelaida Rivera por lo que se fue escondido entre el vientre de su madre y el colgante moco de pavo de su padre.

Se fue haciendo equilibrio en los recuerdos y el terrible secreto que unía a su padre de la casta de los míos con su madre de la casta de los Rivera por lo que ya en aquella época los deseos se habían escondido bajo otros nombres y ella ya pertenecía a mi familia la descastada que se entregó de amor perteneciendo a otro de los nuestros y eso lo sospechamos cuando envolvió a su hijo en una sábana de piedra laja, gesto que la denunció pese a que lo ocultó, llamándolo Rivera.

Eso perdió de pérdida a Dimas cuando regresó, por lo que del cerro no se escapa aun se nazca lejos, por lo que todos regresaron llamados por su mala suerte, llamados por ese deseo irresistible de la gente del cerro de desafiar la muerte, llamados por el grito silencioso de los suyos al caer por el camino, llamados por el miedo y el deseo de poseer la vida y en el agua a una de los míos, llamados por la música del viento jugueteando entre las piernas de mi prima Casandra, llamados por el resorte que clavado en su trasero hería la vista y el sexo de ganas de clavarle de una vez por todas y para siempre el movimiento, llamados por el olor de las muchachas, ese olor insoportable a deseos añejándose, a chamusquina y a soledad, ese olor tan poderoso que llega a ocultar el penetrante olor de las habichuelas carbonizadas y del alcoholado mas no así el de los recuerdos.

Regresaron llamados por el canto de muerte de los coquíes acompañado del susurro de las olas que devoran los cimientos y bañan de ilusiones las casas del Viejo San Juan y entre ellas la casa que mis padres desearon y jamás poseyeron, la hermosa y acogedora casa que me dejaron para abrigar mis sueños.

Regresaron encabezados por Juanuco, ellos, nuestros enemigos, ellos, los Rivera, ellos que no eran sino la parte oscura de nosotros mismos, ellos que al indicar el camino sin quererlo abrieron una puerta liberando una proyección de la energía propia permitiendo así que mi madre también partiera.

Regresaron para hacerse exterminar uno a uno por mis tíos y hoy, tras ellos, siguiendo el camino del cerro, el camino que nunca abandonó, regresó mi madre engañada por el canto del solar que la llamaba, regresó engañada por la luz surgida de las tres palabras que les reveló la reverenda

Conchi tres palabras que pedían, que guardaban, que proyectaban la energía propia a los primeros habitantes que poblaron nuestra tierra cuando no era aún la tierra, regresó machete en mano para desgarrar el vientre del solar, regresó machete en mano para enterrar sus sueños y para mi desgracia.

Esa fue la última vez que se vio navegando por sobre el cerro la nave del recuerdo.

Todos regresaron, nuestros enemigos para su desgracia y para la nuestra. Sí, desgraciados que al chavarse nos chavaron, habitantes del cerro sin amor, Riveras que regresaron para provocar nuestra desgracia, la de nosotros sus enemigos, la de nosotros los desgraciadores, la de nosotros los miembros de la tribu de los amantes sin amor, nuestra desgracia, aquella que nosotros mismos provocáramos y que por lo tanto es mayor, nuestra desgracia, aquella para cuyo dolor no hay consuelo, nuestros enemigos, nuestra segunda parte, los Rivera.

—¿Es que se habían ido?, preguntó ingenua, la sempiterna.

Corta una rosa blanca o una gardenia, córtala bien corta cuidando de que ni un pensamiento se deslice en su tallo, ponla en una lata con agua hasta que se abra completamente. Esa agua te la echas sobre tu cuerpo por encima de un baño agregándole 13 gotas de Magia, cuida de que la gota del número de la suerte penetre el lugar del corazón. Tras ello cuenta siete y luego deshoja la rosa blanca o la gardenia y una a una introduce las hojas en tu sexo agrégandoles siete gotas, una de cada esencia, una a una sin enredar el orden natural: una de Amor, una de Ven a mí, una de Dinero, una de Borra futuro, una de Contra los malos pensamientos, una de Corre lo que me atrasa, y cierra el conjuro con una gota de Cálmame por favor. Para que se fijen añade agua de imán y esencia de rosa negra. Pide, todo te será acordado, todo, salvo el eliminar aquel dolor para el cual no hay consuelo por lo que somos nosotros mismos quienes lo provocamos.

—Entonces no me sirve, lo que yo quiero es que alguien me la deje doliendo, inundada, y no de siete esencias, de una y fuerte, y no quiero siete hojas metidas una a una sino más bien un buen mafafo y un solo empujón, dijo la sempiterna mientras Veremunda, al escucharla, apretó de rabia la rosa negra y la Moriviví se desató otro lacito.

Uno tras otro regresaron. Siguiéndose en la desesperanza tomaron el camino que los conduciría nuevamente a los cerros y a su destino; todos regresaron, todos menos uno, el primero de todos, mi tío-abuelo Ado, y usted lo sabía abuelo Marieta.

Enorme era la nave y por lo que no tenía límite conocido permitía que en ella navegaran juntos el pasado y el futuro y por lo que no recordaba forma conocida recordaba la primera y la última imagen, aquella que horrorizada se escapaba de los ojos del muerto.

Para la época en que se fue el agua por primera vez, la que sería la mujer de Dimas, cucando las aguas, descubrió el pozo y la primera curva y subió al cerro llamada por los olores y los gemidos de Adelaida Rivera. Subió como suben las faldas, sin pedir permiso para enamorar, por lo que ella era de los Rivera y las Rivera no pedían permiso para andar tirando, no como María Treniá que andaba pidiendo dispensas para legalizar los deseos y en las galleras el con dispensa sale a tirar por la puertecita de la derecha un vaso de pitorro en la mano, el sombrerito de cáñamo saludando al cielo, la sonrisa anticipando lo que no llegaría y la mano izquierda, la del corazón, agarrando, cual jinete la rienda de bestia bravía, el resorte. Y los sin dispensa salen por la puerta principal el sombrero saludando al polvo, la botella de cerveza en una mano y la otra agarrando el resorte de mano firme de jinete que teme que la bestia se le encabrite por las laderas desbarrancándose en los deseos y por ello la mayor desgracia golpeará la tierra y volverá el tiempo de los infieles y hasta de seguro dirán que en el pozo apareció una guacamaya virgen y mi tía-abuela, María Treniá, no podrá encabezar la procesión para enterrar a los muertos desenterrando sin quererlo al primero, los recuerdos, mi abuela, la historia de mi familia y la tumba vacía.

—Yo también me las subo y tampoco pido permiso pero se me enredan en el camino y no suben completamente y tampoco logro bajarlas y la dama de blanco me esquiva y es la curva, no yo, la que gime dijo la sempiterna señorita Hermenegilda de las Mercedes terminando, con rabia, de tapiar a Casandra, y se fue caminando de rápido paso hacia la palmera puesto que se le habían desatado los deseos.

Se recostó de espaldas sobre ella, la palmera se acuclilló y acarició su cuello fijándolo con firmeza con una rama mientras que con una raíz levantaba su pie y una estaca la penetró y el viento ayudaba compadecido haciéndola brincar cual caballo salvaje. Nunca antes, si hasta. . . pero la palmera crujió de cansancio, la estaca se quebró y el viento se calmó antes de tiempo, y pese a tener ella el fuego, el rayo se consumió y como de costumbre sólo salió un intenso olor a chamusquina que se propagó camino abajo.

En espera de que los acontecimientos se desencadenaran con el regreso de aquel que le regresaría a la vida -el regreso de su nieto abuelo Marieta, de su nieto y de mis mortales enemigos que por error embarcaron en la misma nave- mi tío-abuelo, Bonifacio, se instaló sobre una concha gigante de caracola a esperar a su primer amor, Adelaida Rivera, aquella que le dejó el trasero bamboleando en la curva del camino, aquella que levantaría su falda de no pedir permiso otorgándole su placer.

—¿Adelaida?, pero si Adelaida . . . y para evitar una tragedia el recuerdo de Justina calló en la memoria.

—Suerte que Adelaida se las levantaba sin pedir permiso, por lo que Boni pertenecía a esa raza de hombres que no levantan ni una hoja por iniciativa propia dijo, hablando mal de su hermano, la sempiterna señorita.

Mi tío-abuelo Bonifacio esperó sentado en aquel recodo del camino ubicado a igual distancia de los olores del prostíbulo que se encuentra al comienzo del camino y los olores del vertedero clandestino que se encuentra detrás de la tienda de Tongo. Se sentó en ese recodo de la última esperanza intentando aprisionar el tiempo en el insondable pozo formado por sus manos mientras sus esperanzas se despeñaban cuesta abajo y su cuerpo se desintegraba cuesta arriba y la perra continuaba pariendo cada vez que una de sus hijas se levantaba la falda sin que Bonifacio se diera cuenta por lo que mi octavo tío-abuelo, octavo si contamos al muerto, esperaba de fe y no como aquellos hijos de puta que mezclaron la lógica en la vida del cerro como si el camino tuviera lógica en ese trópico en que hasta la lógica le andaba levantando la falda al pensamiento y ambos se revolcaban felices pariendo ideas locas y mi tío-abuelo esperó de esperanza en aquel recodo de la desesperanza hasta el anochecer en que pasó un cuentero por su casa y aprovechándose de sus pocas velas le sopló al oído la palabra divina y ¡oh milagro!, él, que nunca había creído en nada, él, el filósofo del vacío, se iluminó y creyó, creyó y convirtió a sus siete hijas que a sonriente coro, ¡Aleluya hermana!, saludaron a Casandra que subía casi hermosa en su desgracia hacia el solar de Ado.

Se le anduvo como desatando la pasión a mi tío-abuelo, pero ya en aquella época las pasiones andaban enredadas y en vez de pasionar de pasión como le pedía Adelaida pasionó de fe y así fue que persiguió y convirtió a la perra callejera que dormía en la puerta de la choza y hasta al gato salvaje que le comía sus críos cada vez que la perra paría ideas y una vez lograda la conversión de la totalidad de los habitantes de su solar, juntos, cantando salmos, cantando himnos, cantando las plenas que cantaba cuando pasionaba, bailando tomados de la mano los llevó a bautizarse a la lechonera del Kalifa donde el profeta desapareció para siempre tras los platanales arrastrado por una esfera de fuego surgida del sexo de la que a partir de ese momento sería su mejor discípula, desapareció de vista de marido pero no sin antes, profeta precavido, hundir la cabeza de Boni en el río.

—Por tercera vez Adelaida traicionó al ser

amado, dijo Justina, y todas abrimos la boca sorprendidas.

Una, la perra, fue la única testigo de su muerte y resurrección en esa muchedumbre que mantenía los ojos clavados al cielo cantando himnos de paz y buena voluntad mientras mis siete primas contorneaban voluptuosamente sus divinos traseros ¡aleluya hermano! alimentando la llama divina y manteniendo en alto la palabra divina que emergía para revolver la champola mientras una sonrisa de esas con cara de ¡ay bendito! emergía de los cielos para fijarse en los labios de mi tío-abuelo Bonifacio de ahí en adelante testigo, testigo y fe.

Una sola vez Bonifacio conoció la felicidad y fue feliz y Adelaida le sonrió y se retorció y gimió y se mojó y la concha de caracola se dio vuelta abriéndose para recibir un limón salvaje del limonero que se deslizaba quebrada abajo, pero hacía tanto tiempo que Bonifacio esperaba que no supo reconocerla ni a ella ni a la felicidad y además . . . además Boni no come limones por lo que mi tío-abuelo Bonifacio Buonafé tenía el don de inventar inventos ya inventados.

Se pasaba gran parte de su tiempo haciendo interminables filas en las oficinas del gobierno comunal llenando invisibles formularios solicitando se le permitiera reinventar los inventos deshechados por inservibles para que pudieran caminar nuevamente por los caminos de la vida.

Inventó una máquina que permitía que a mediodía las velas de cincuenta alumbraran con igual intensidad que las velas de veinticinco ocultando los desengaños, un asiento de auto que hacía que el chofer creyera que iba de bajada en vez de subida y así se cansara menos al subir al cerro; inventó un abanico el que cambiando la dirección del viento permitía a su propietario leer el diario haciendo que fuera la brisa quien diera vuelta a las páginas y que con el fresco las noticias no envejecieran, inventó una máquina para tapar las latas vacías de cerveza para que así los recuerdos no se escaparan, inventó una red de tela de mariposa para pescar los hijos no deseados, inventó un paraguas sin tela para los días de huracán, escribió un libro de pensamientos ya pensados y, hombre práctico, inventó un calendario sin días, un reloj que registraba el tiempo perdido y un asiento de viento para poder sentarse sin que se dieran cuenta cuando, solitario, hacía la única fila para patentar sus inventos ya inventados frente a la ventanilla cerrada, la ventanilla que comunicaba el primer planeta con el último, cerrada para mi tío-abuelo por lo que nadie le había dicho que no se trataba de ahorrar la energía, sino de canalizar la energía para llegar a cruzar el portal de la ciudad de los Dioses y por ello, mi tío-abuelo Bonifacio, se quedó navegando por la eternidad en el vacío infinito.

Uno a uno los siete agujeros se le irían cerrando, y ni Adelaida, con el poder de su sexo inagotable, se los pudo volver a abrir. Primero se le cerraron los ojos cegados en castigo por haber observado la luz de la nave del profeta, enseguida se le cerraron los oídos, en castigo por haber intentado fijar el grito del orgasmo de Adelaida

Rivera; la boca se le cerró por haber dejado de cantar *En mi Viejo San Juan* y las plenas de su juventud y los otros dos se le secarían de falta de uso.

—Yo conté seis, dijo la sempiterna.

—¡Chacha! si algún día miras por la punta verás el séptimo, le dijo cachonda, Veremunda Nonata.

—Ese no lo abren ni con jugo de limón, le respondió riendo la sempiterna.

Sin embargo, Adelaida tenía el instrumento y sabía cómo abrirlos y si no lo hizo fue por lo que en ese caso el difunto podría volver a oír, a hablar, a ver en lo más profundo de las tinieblas, a estremecerse haciendo tronar los mundos perdidos y a gozar los placeres del amor en la estatuilla sin piernas de la mujer deseada.

—Sin piernas para que no pudiera escapar al deseo de su eterno dueño, por eso Adelaida, no lo salvó, nos reveló la Reverenda Cochi.

—¿Salvarlo pa'que la seque?, ¡chacho!, nosotras tampoco lo hubiéramos salvado. ¡Que se le seque!, exclamaron a coro mis dos titís.

Fue para la noche de San Juan, el año de gracia en que la señorita Hermenegilda de las Mercedes llena de esperanza puso tres habichuelas tiernas bajo su almohada, que ingresó a nuestra familia, para su desgracia, y a la historia del solar, para cumplir con su destino, Juanuca Rivera.

—¿Cómo, Juanuca también regresó?, preguntó la sempiterna.

—Chacha, una vez que regresa el primero regresan todos, le aclaró Veremunda.

—Por eso Ado no regresó, dije yo.

—Y todos guardaron silencio.

A Juanuca, hermana del sátiro-parricida cuyo solar quedaba colgando de la esquina izquierda del solar de Ado, mi tío-abuelo Castidad del Rosario, el segundo de la tribu, (en realidad el tercero pero que tras hilar la primera mortaja quedó de segundo y ante la perfección de las puntadas y la perfección del corazón del rollo quedó encargado de hilar las otras mortajas), la arrancó del prostíbulo y la desposó para que en horrible castigo por ser testigo del crimen nunca más gozara. Y triste, tan triste como mis tías, sus largos pies calzando deformes zapatos siempre grandes para ella, se descalzaba a escondidas para evitar las palizas que le daba Castidad del Rosario cada vez que la pillaba jugando, la crica al viento, a hacerse cosquillitas con los dedos de los pies, costumbre de prostíbulo como decía Castidad administrándole su merecido mientras Juanuca susurraba, a quien quisiera escucharla, su desgracia y la terrible historia del bastardo desaparecido una noche de aciaga tormenta.

—Todo comenzó . . ., comenzó Juanuca.

—¡Chacha, qué comienzo!, dijo, sarcástica, la sempiterna ante la reprobación de todas nosotras.

—Recomienzo, repitió Juanuca. —Todo comenzó una sombría tarde de un mes de noviembre del año en que por primera vez subió una guagua hasta la cima del cerro.

—No sé si se fijaron en el asiento, dijo, con falsa modestia, mi tío-abuelo Bonifacio.

—Fue esa tarde, recomenzó por segunda vez Juanuca, —esa tarde que presagiaba una tormenta que Dimas padre, quien alcanzaba los 81, regresó antes de lo previsto a su hogar tras una dura y agotadora jornada pasada sembrando tabaco, ñames, yautías y otros frutos vegetales para poder subsistir. Al cruzar la puerta Dimas, ¡oh destino! ¿por qué de sus ojos arrancaste solamente el izquierdo?, se topó con la imagen de su hijo violando a su esposa, es decir a la madre del violador.

—Ante este cuadro apocalíptico, continuó Juanuca, —Dimas padre, quien era muy querido en el cerro, encolerizado al toparse con tan repugnante escena tomó entre sus rudas manos un machete para, en castigo, cortar la estaca de su hijo quien en medio del forcejeo que se produjo logró alejar el filudo instrumento . . .

—¿Cuál?, interrumpió la sempiterna señorita.

— . . . y apoderarse de un rollo de cordel que, continuó con voz de machete Juanuca . . .

—que . . ., repitió, —para mala suerte del occiso, había quedado abandonado en una esquina y logró pasárselo alrededor del cuello. Dimas padre, un corpulento jíbaro boricua, intentó vanamente zafarse de la cuerda que lo estrangulaba y al no lograrlo desenfundó, para defender su vida, de uno de sus bolsillos;

—el izquierdo si mi memoria no me traiciona , añádió mi tía-abuela la sempiterna señorita Hermenegilda de las Mercedes,

—el izquierdo confirmó Juanuca,

—una cuchilla, de esas tipo curva, añadió mi tía-abuela Veremunda Nonata entrando en el corredor,

—y, continuó Juanuca, —tajeó a su primogénito, el que, también jíbaro boricua, no empece a que sangraba continuó apretando la soga con fuerza.

Para sorpresa de Dimas padre, su esposa, actuando con instinto maternal no empece a que su marido la defendía del ultraje tomó entre sus manos un trozo de madera y comenzó a agredirlo en un intento por tumbarle la cuchilla y evitar que continuara tajeando las manos de su hijo, aquellas manos que habían maculado de indignas caricias su cuerpo.

—Ya lo decían en *El derecho de nacer*, una madre siempre es una madre, dijo, repitiendo sin saberlo, la sempiterna.

—Esto facilitó, suspiró mi tía-abuela, —que Dimas pudiera finalmente terminar de estrangular a aquel que le diera el nombre y la vida. Terminado su infame acto el sátiro-parricida levantó el cuerpo ya sin vida de su progenitor, amarró la cuerda a una de las vigas que mantenían el techo de la humilde vivienda y lo guindó.

—Se alega que en ese momento se le despertó nuevamente el deseo, susurró, su cuerpo atravesado por un escalofrío de placer, la sempiterna señorita Hermenelgilda de las Mercedes a su vecina.

Al apersonarse las autoridades al sitio del drama Dimas hijo se echó a llorar cual la puta arrepentida gritando como si fuera el protagonista de *Tu madre no es una cualquiera, es una esclava del amor*.

—¡Ay pai!, ¿por qué te ahorcaste? ¿Por qué nos has dejado solos y abandonados en este cerro de lágrimas?

Así se manifestaba el parricida bajo el improvisado patíbulo mientras observaba del rabillo del ojo a su septuagenaria madre atemorizado de que ésta pudiera delatarlo a la autoridad.

No fue sino hasta principios de la segunda semana, tres años más tarde, el día que nos quedamos esperando al obispo por tercera vez, que su hermana señaló a las autoridades los desgarradores sucesos que la dejaron sola y la condujeron a arrojarse en las sábanas de la vida y al mismo tiempo, hizo una pausa Juanuca, —y al mismo tiempo señalé la desaparición una noche de aciaga tormenta de mi hermano el bastardo.

Desgarrador relato que Juanuca repetía hasta el cansancio en esas largas noches de revivir el futuro produciendo un escalofrío que recorría el camino, el cuerpo y erizaba los pelitos del amor, susurro que devoraban las muchachas antes de que Juanuca cayera desvanecida como esmonguillá y sin sangre en medio de un ataque de histeria gritando ¡Dimas! ¡Dimas Rivera, no supiste defender mi honor ni el honor del cerro! Y como se desvanecía nunca pude preguntarle a cuál de los Dimas se refería y por qué le llamaba el bastardo.

Desgarrador ataque que siempre lograba que mi tía-abuela, la sempiterna señorita Hermenegilda de las Mercedes, cayera a su vez al suelo frotando con su frente el piso de tierra, que se revolcara intentando vanamente hacerse cosquillitas en la crica con los pies, suspirando e implorando en voz bajita a su cuñada, a ella a quien asoció, con justa razón, con San Justinito el santo patrono de los prostíbulos y a quien rogó fervorosamente así: —hoy, ante Ti vengo arrodillada, el pensamiento arrastrándose por el suelo y con la fe de mi alma depositada en los labios vengo a buscar Tu sagrado consuelo en mi difícil situación. No me desampares, permite que Tu brazo poderoso abra no en vano las puertas en mi camino para darme la tranquilidad que ansío. Tres, aunque sea solamente tres veces Te pido ser penetrada, sea que penetre por la puerta sea por la cerradura si la petición te parece muy difícil. Súplica que Te hace un corazón afligido por los duros golpes del cruel destino, mi cruel destino que lo han vencido siempre en la lucha humana, ya que si Tu poder divino no intercede en mi favor sucumbiré por falta de ayuda. Brazo poderoso, Vela celestial, asísteme y condúceme a la gloria.

—Amén, la ayudamos entre todas.

Así le rezó durante quince días por lo que ella sabía que su caso era de los casos más difíciles y pese a tanta devoción rogó vanamente que la aceptaran cuando quiso trabajar de amor. La rechazaron pese a que frotó hasta sacarle brillo a su negra sonrisa, pese a que cubrió sus piernas con el mejor par de negras y agujereadas medias; la rechazaron pese a que logró subirse sobre los delgados y largos tacos de rojos zapatos para estar a la altura por si alguien la apoyaba de romperle el alma contra el tronco de la inclinada palmera que dominaba el solar de Ado.

La rechazaron sin considerar que había untado su sexo con los tres aceites para lubricar la entrada, de que lo había humedecido con los siete jarabes para retener al bicho, la rechazaron pese a que había perfumado sus raídos senos con el jugo de los restos de una rosa al que había añadido las fibras del tallo de una gardenia y que de ambos, el izquierdo olía deliciosamente a muerto.

La rechazaron pese a que se bebió los restos contenidos por los toneles del velero que había encallado en la quebrada de la Muerte, restos sobre los que se leían extraños nombres que no eran de estas tierras, restos de aroma similar al que emanaba del maricón que tocaba el piano en casa de las muchachas, al de las monjitas de la caridad, al de los sánguches de carne de iguana que preparaba María Treniá, al olor de santidad de San Justinito, y los olores le alborotaban el pensamiento y la entrepiernas.

La rechazaron sin piedad, y por lo que la rechazaron, en venganza, encadenó con las cadenas de sus propios santos a su cuñada putativa, esa santa mujer, la milagrosa Santa Rivera como comenzaron a llamarla los del pozo, incrédulos que negaron la existencia de los huracanes, las mareas altas, los pinchos de tiburón y hasta de dios de pura rabia por lo que el papa les negara la dispensa para acostarse con su madre, la madre de la primera que se fue, aquella que realizara el milagro -traer de vuelta al primero libre de polvorientos recuerdos- la santa mujer que lo siguió sacándose los zapatos apenas podía y haciéndose cosquillitas en el sexo con los sudorosos dedos de los pies, costumbre de prostíbulo como gritaba mi abuelo desde el fondo de sus sueños, y mi abuelo de prostíbulos, Riveras, tumbas, milagros y falta de cariño sí se conocía y además... además mi abuelo fue el único mortal que levantó su ojo izquierdo cuando todo el mundo inclinó la cabeza creyendo que en su única visita a la isla el enviado de Roma los iba a bendecir con agua bendita de la gruta del cerro de Santa Bernardita y mi abuelo vio, meando de ordinaria y mortal regadera, al enviado del Santo Padre.

—Ese día se fue el agua por primera vez, y esa noche por primera vez pasaron una película en el cerro. Del título no me acuerdo . . .

—No es raro, ya en aquel momento se habían comenzado a borrar los nombres de la memoria colectiva, dijo la reverenda Conchi.

— . . . me acuerdo que el jovencito de la película, quien tenía problemas en el seno de su familia, se privó la vida de un certero balazo en la cabeza. Quizás en un acto premeditado, quizás guiado por un misterioso impulso, dijo Veremunda Nonata.

—Eso nunca quedó claro en la película, —lo que sí quedó claro, le respondió la sempiterna señorita, —es que siempre andaba en busca de nuevas aventuras amorosas. Felix, ese nuevo Don Juan Tenorio que hizo suspirar hasta a la Morivivi.

—Si me dejas, me mato, se le escuchó decir en medio de la noche a su nueva enamorada de la que nunca se supo el nombre ni se vio el rostro protegida por las sombras en su balcón.

Fue esa la primera vez que nadie quiso escuchar la santa, fue ese día que tomé conciencia del don de Veremunda la que sin necesidad de que le contaran sabía y terminaba, antes de que sucedieran, de contar las historias y pese a que yo todavía no existía tuve la certeza de que Ado jamás regresaría.

—Al levantar la almohada, y pese a que las regué durante siete noches con mis lágrimas descubrí que de las tres habichuelas las tres se habían secado indicando que en mi destino no había elegido, se dijo tirando con rabia la media negra desgarrándola como ella no sería desgarrada. —Y ahora me chavé, y si me cambio llegaré tarde al entierro y no sabré quien cayó esta vez y no es justo, murmuró con aún más rabia la sempiterna señorita Hermenegilda de las Mercedes.

—¿Qué no es justo? preguntó Veremunda Nonata desde el balcón.

—Nada, que se me agujereó otra media, le respondió la sempiterna a su hermana, —y no pienses el resto del entierro que quiero llegar a tiempo.

—Santo apóstol que portas cual pesada cruz el nombre del traidor lo que hace que te hayan menospreciado en el calendario de las oraciones y sacras festividades. ¡Oh! santo patrono de aquellos a los que nos surge de improviso, así como traidoramente un problema y uno se siente como que privado de toda ayuda visible.

¡Oh!, santo patrono de las situaciones desesperadas, ¡oh!, sobrino dilecto de Santa Rita de lo imposible, ella santa patrona de las situaciones absolutamente desesperadas, ¡oh Judas!, ¡oh!, perdón, no lo quería, sin darme cuenta se me escapó, ¡oh! adorado apóstata, tu nombre.

Tú el amigo fiel y predilecto de tu primo el crucificado, tú, a quien la suerte te castigó con el premio maldito de llevar el nombre maldito lo que hace que hayas sido olvidado de muchos, pero tus seguidores te honramos como el patrono de los casos difíciles y casi desesperados.

Ruega por mí, tu siervo predilecto, ruega por mí, el hijo de la desgracia y de lo imposible, ruega por mi madre la pecadora y mi padre el motivo del pecado, ruega por mí, el fruto maldito de esa unión, ruega ¡oh! santo patrono que sabes lo que significa venir marcado a la vida, ruega por mí.

Estoy cansado y solo, de mí hasta los vasos se ríen a escondidas, el licor me despierta el recuerdo en vez de borrarlo, mis sueños se desvelan; ruega por mí, estoy tan solo y sin ayuda. Haz uso, te imploro, del privilegio especial a ti concedido por el crucificado de conceder el olvido y permitirme que no regrese a este mundo para que me asesinen.

Te lo pido yo que he perdido la esperanza y lo único que me va quedando es la fe en que tú, ¡oh! santo patrono de las situaciones desesperadas, escuches mis ruegos y vengas en mi auxilio en este momento de gran necesidad y peligro.

Te prometo no olvidarme nunca de este

gran favor y de jamás dejarme obnubilar por la ilusión material, te prometo jamás repetir tu nombre a extraños y honrarte siempre como a mi especial y poderoso patrono, te prometo hacer todo lo que esté en mis manos para aumentar tu santa devoción y publicar durante tres días seguidos esta súplica una vez recibida la gracia, repetía antes de caer mortalmente herido, aquel, del que se rumoreaba, era el nuevo difunto asesinado.

—¿Y entonces a qué vino?, preguntó la sempiterna.

—Estaba escrito, y hasta el día de hoy nadie ha logrado cambiar su destino. Leerlo en las Tablas sí, negarlo, sí, cambiarlo, no, dijo la reverenda Conchi.

—¿Y el pasado?, preguntó antes de desmayarse la Moriviví.

—El pasado puede leerse de una forma diferente o puede negarse, eso me salvó, dijo Santa Rivera.

Lo enterraron a pie luego de discutir durante horas bajo la palmera el precio que les cobrarían por utilizar el viejo y descalabrado carromato sin lograr un precio razonable, un precio a la altura del drama acaecido, sin considerar que no era la familia del occiso la que pagaba sino el padre del asesino para lavar la conciencia del cerro y detener el brazo del destino en ese cerro en el que desde hacía tanto tiempo la sangre no se lavaba y que desde antes que el agua se fuera por primera vez las conciencias acumularon polvo. Sin considerar que el coro de lloronas iría de gratis, que las beatas habían aprendido un nuevo himno, que

Niobé ese día no vendería sus pinchos frente al gran colmado para subir al entierro y como pese a todo el hijo de puta que era propietario del carromato y que en forma evidente no era otro que uno de los Rivera no les hiciera una rebaja lo enterraron a pie cargando bajo el sol tropical el cadáver cada vez más pesado y más hediondo, venganza y grito de aquel del que se alegaba era el difunto asesinado.

Quizás el hijo de puta no rebajó por lo que sospechaba quién era la víctima y quién el asesino pese a lo secreto en que el secreto fuera conservado, secreto que solamente en el momento de la muerte de mi madre en un susurro me fuera por ella comunicado.

Hay dentro de las tumbas otras tumbas, ésta fue la manera en que protegieron el secreto, así nadie nunca encontrará su contenido. Cada tumba conectaba con otra tumba la que a su vez contenía otras tumbas que conectaban a otras tumbas hasta llegar al tiempo del olvido, al tiempo suspendido entre dos tumbas y que contiene el olvido que conecta al tiempo de la nada, al tiempo de la memoria suspendida.

Al cruzar la tercera tumba el viajero cae en la zona de las tinieblas habitada por la serpiente que jala la barca cuando el espacio deja de existir y la nave cruza de una puerta a otra y aquel que quiere continuar el viaje debe penetrar por su cola y, protegiendo sus intestinos, proseguir el camino hasta que salga por la boca hacia la zona habitada por la luz.

—Y si a la salida se encuentra con que me

metí la boca de la serpiente en la . . . , interrumpió y no pudo terminar la frase muerta de la risa la sempiterna señorita Hermenegilda de las Mercedes.

—¡Chacha!, replicó, también riendo, Veremunda Nonata, —en ese caso se ahoga en la lechosa.

—No, dijo la reverenda Conchi, el que cae en la gruta eterna está condenado a recorrerla por la eternidad.

Pero el retorno está señalado, ellos se reencarnarán y descubrirán su herencia y volverán del olvido. Felices serán los tiempos en que regresen, me decía llorando mientras abría una nueva tumba que me conduciría a otra tumba en busca de mi padre.

—Por el olor, me ayudó mi madre, —por el olor lo encontrarás, sigue su rastro porque desde el comienzo olía.

Pero es que todavía no sabía cómo abrir las puertas que llevan de una tumba a otra, de un mundo a otro.

Y sin embargo aquel que se encuentra en tu interior ya sabía cómo sortear los peligros y proteger sus entrañas, sabía por experiencia propia que al cruzar el umbral de cada puerta aparecía un nuevo crepúsculo continuamente recomenzado desde que el universo emergió del caos primordial y que por lo tanto no había que desesperarse, ya había aprendido a nadar por los ríos subterráneos y a pronunciar las palabras mágicas que abren las puertas y conducen a los Siete Luminosos, a los Siete Espíritus tras los cuales se encuentra usted, abuelo Marieta.

—Para abrir las puertas, me dijo la reverenda Conchi, —se coge la flor de maravilla cuidando de que la flor sea bella, sea amarilla brillante. Se tuesta con las semillas, se pone algodón bruto, tal como sale de la mata, dentro de una taza blanca y el polvo de la flor se vacía dentro de la taza. Se le añade cascarilla y manteca de cacao, se tapa con un paño de lino blanco y durante tres noches se pone delante de la tumba. Cada vez que vas a abrir un nuevo ataúd lo rocías con esa mezcla.

—¿Y para abrir la . . .?, iba a preguntar la sempiterna cuando Veremunda la calló de un solo grito. —¡Chacha, no seas mal hablá!

Cansados y rabiosos aquellos que desconocían la historia no alcanzaron a llegar hasta al pie del cerro y arrojaron el cadáver al basural de la parte de atrás del local de Tongo. Lo arrojaron en presencia de los perros, de los gatos de mi abuelo, de las viejas locas, de la que en su juventud fuera la reina de la gallera, de la dama de blanco, de la reverenda Conchi, de la vidente de los cristales de cuarzo, de la inocente que, los blancos cabellos al viento y la sonrisa de tostaíta en la boca, se paseaba desnuda por el cerro preguntando si sabían dónde habían enterrado al otro.

Lo arrojaron en presencia de Veremunda y de la sempiterna señorita que especialmente acicaladas para la ocasión, el morado de la última vez rellenando los surcos de las mejillas, el verde de la desesperanza devolviendo suavidad a los arrugados labios, el amarillo del que no se detuvo tapizando los derrotados párpados, el negro esperanza en el corazón adolorido, medias negras agujereadas de rabia, rabiosas pantaletas negras no agujereadas y que un apretado suspiro negro oprimiendo la flácida pipa, envolviendo las caderas y sujetando las cachas no se pierden velorio, entierro, novena o asesinato para ver si consiguen levantar viudo, doliente o difunto y que aburridas de tanta sangre, de tanto entierro, de tantas e inútiles oraciones y mandas a San Antonio, el patrón de las chachas solitarias, de tanta posibilidad de velas desplegadas que hoy yacían replegadas en los recodos del camino comenzaban a odiar a aquel que dió comienzo a la venganza y que no era otro que . . .

—¡Ay bendito! ¡Ay San Antonio protégenos de la soledad!, exclamaron mis dos tías-abuelas. —¡Santa Gemita de las latas vacías! y ¡Santa Bárbara de nuestro destino! les contestó a coro la procesión de vecinos que se dirigían hacia el solar enterrando mis pensamientos, desenterrando la sospecha.

Pero antes de eso, antes de que se supiera con certeza que las naves venían de la constelación de Orión en cuyo límite más lejano se encuentra el primero de los doce planetas, antes de que mis primas las vírgenes comenzaran a menear sus caderas al ritmo ardiente de las campanadas de muerte, antes de que sus labios se humedecieran liberados por el limón y que, en homenaje a su padre, el sexo de la mayor se secara cual ciruela sin amor, antes de que el resorte se meneara impulsado por desconocido combustible y partiera velozmente en cualquier dirección, antes de que penetrara al solar el coro de beatas, arrastrándose por el otro costado del cerro -aquel que miraba para Santa Olaya- sujetando con sus dientes el ruedo del ajado traje de novia que vestía para contadas y meritorias ocasiones, acompañada de su tímido esposo , mi tío-abuelo Nepomuseno, llegó a contar su parte de la historia mi tía política, más conocida en los cerros como la Moriviví.

La Moriviví, hembra de ensueños nacida de sexo hambriento para atormentar los sueños; rubia platinada de movimientos cinematográficos, hembra escapada del cinematógrafo proyectado sobre una sábana y a través de los huequitos sobre las nubes y que todos miráramos con admiración sentados en las mágicas noches de sábado en el cerro.

Fue ella la primera que logró poner ojos lánguidos como mirando sin mirar, como amando sin amar, como respirando sin respirar quitándole a los hombres el deseo de respirar no sea que le fuera a romper los destellos que brotaban de su sonrisa o a enredar las largas pestañas que hacían cosquillas a los cocuyos.

Fue ella la primera en lograr entrar sus labios sin romper la cáscara para enjuagar su sonrisa en la leche del coco, y la primera que aprendió a gemir como si lo alcanzara sin alcanzar el amor.

Fue ella la primera que bebió agua potable, es decir del agua que tú tomas en la ciudad, para que la cargara de energía, la ayudara a evacuar y le calmara sus nervios no satisfechos.

Fue ella la primera que se lavó los pelitos de la crica con esencias atrayentes, la primera que cambió el color negro de sus cabellos transformándose en la primera cinematográfica del cerro y la primera que al chupar el mangó hacía explotar los deseos por esa forma que tenía de apretarlo entre sus labios y sorber el jugo dejando que una parte resbalara sobre sus senos.

La Moriviví, rubia platinada de rojas uñas coronando sus dedos y la espalda del macho devorado, rubia platinada hija del cinematógrafo y no se lo cuenten a mi abuelo, por lo que el abuelo Marieta es a la antigua y le chavaría la sonrisa y el platinado por lo que las mujeres del cerro son del cerro y no de películas y si no son del cerro, pero subieron el camino, pertenecen a su hombre y no a los sueños ni a los deseos de los otros y si gimen es de su hombre y no de película.

Y es culpa de mi tío-abuelo, decía mi abuelo, por aceptarle todo a la Moriviví, por no darle lo que pide y tras dejarla satisfecha, darle la paliza que se merece por andar pidiéndolo con esos olores indecentes que brotan de su cuerpo, por permitirle que no cargara el agua y así se le escapara de la vida por el cinematógrafo.

La Moriviví, la que al llegar a la cima del cerro, al comienzo del fin del camino, observó con disimulo el pasto a su alrededor por lo que la vida no es como el cinematógrafo y una caída a su edad le podía quebrar hasta las pestañas, observó sin disimulo al occiso antes de lanzar un doloroso, profundo, salvaje, dramático y prolongado grito de dolor propio al desgarramiento emocional de las grandes crisis, grito de extraordinaria relevancia puesto que representa la consumación verbal del sino trágico, irremediable y fatal del destino de la Moriviví quien lanzando ordenadamente sus descoloridos cabellos al viento levantó la pierna dejando entrever su calzoncito amarillo de lacitos rosados uno de ellos desatado como si sí, como si no, como que quiere, como que no quiere la cosa, observando de paso si era observada y de trágico, amplio, hermoso y estudiado movimiento se desvaneció en los brazos siempre prestos de aquel que la agarrara la primera vez que se desmayó como para que no se cayera, como para que cayera en sus brazos, como para agarrarla de dispensa sin tenerla, como para llevarla a otra tumba, como que para levantarle la falda y desatarle los lacitos y hacer gritar al muerto como aquella vez allá por la época en que mi abuela Justina terminó de desvanecerse, los brazos del amante sin amor que desgarrándola, hoy más por costumbre que por lo que valiera la pena, seguía desatando los ya ajados lacitos, mi tío-abuelo Nepomuseno, más conocido en el cerro como el Agarrador.

Y al sentir el abrazo frotaba sin disimulo una pierna contra la otra, y se acariciaba los muslos con las miradas y sus largas uñas y echando la cabeza atrás levantó sus piernas para apoyarlas sobre los hombros del amante poniendo el último de los lacitos al alcance de los labios de mi tío-abuelo sellándolos para siempre.

La Moriviví, la primera que apareció en el cerro buscando su pasado, la primera en ignorar de dónde procedía, aquella que fuera abandonada por su madre a quien nunca conociera y a la que buscaba para preguntarle quién era su padre, la Moriviví, hembra misteriosa que vagaba por el cerro preguntando por su pasado.

—Yo venía del futuro, pero como era tostaíta nadie me hacía caso y a la madre de la Moriviví la conocí personalmente, incluso que le envié algunos clientes cuando el negocio andaba flojo.

—¿El negocio? ¿Mi madre tenía un colmado?, preguntó temblando de esperanza de que sus sospechas fueran vanas mi tía-abuela por alianza.

—No, no, tenía . . . Y sabia, como son los tostaos, guardó silencio.

Esa noche fue que a mi tía-abuela Veremunda Nonata se le desvió por primera vez el pensamiento.

—Yo le advertí que anda suelto Lucifel detrás de las procesiones, musitó la sempiterna señorita Hermenegilda de las Mercedes santiguándose, y despechada añadió, —y como él sabe que conmigo no hay dalia, la que venga atrás que arree.

Fue el sábado por la noche en que nos reunimos decididos a descubrir el porqué se había ido el agua y aparecido el pozo que llegó el cinematógrafo por primera vez. Subieron la máquina en un jeep y colgaron una sábana que todavía no conocía de amores, y esa noche le cambió la vida a la Moriviví, y la costumbre al cerro.

Las arañas saltaban de la palmera a la sábana persiguiendo a la rubia heroína que desaparecía tras los ídolos y los templos de cartón piedra. Y la heroína se transformaba ante nuestros ojos en mi tía-abuela que se alejaba de nuestras manos navegando en el viento cuando todos nos levantábamos para salvarla de las garras de la muerte y más de uno se aprovechaba para pegarle un agarrón y ella, la risa ahogada en los rojos labios, una mano controlando los destellos de su blanca dentadura no fuera que fueran a iluminar a Nepomuseno, la otra acariciando la cadera, los muslos restregándose contra las protuberancias de los galanes, también desaparecía y se cambiaba y reaparecía sonriendo apoyada en el tronco de la palmera mientras las caga fuego trepaban por sus piernas para ir a mordisquear la columna del amor, y las arañas se retorcían de rabia y despecho en las hojas.

No todos los sábados eran iguales, no, a veces, las menos, pese a que eran mis preferidas, las películas eran de piratas pero no faltaba el desgraciado que se entusiasmaba y se agarraba a machetazos en mortal duelo con Francis Drake y se le iba la mano y añadía un agujero a la sábana y la dueña se enojaba y quitaba la sábana y además si mataban a Francis Drake nos quedaríamos sin nadie que bajara los cocos a cañonazos y se armaba la media pelotera porque no querían devolver el dinero de la taquilla y la dueña quería hacer pagar el daño.

Y yo, y si no era yo era mi madre y si no era mi madre era mi padre y si no eran ellos era el deseo que comenzaba a pasearse por las noches del cerro, y yo, yo entonces me aprovechaba para mirar gratis la película en las nubes, abuelo Marieta, por lo que ya en aquella época andaba más pelá que un chucho y ahora es peor aún, ahora pusieron alambre y yo me quedo como Bonifacio, con cara de huevo de iguana mirando p'al cielo y la saliva escapando de mi boca durante el intermedio cuando pasan la bandeja con pinchos, la olla de arroz con habichuelas y cantitos de tocino, las patitas de cerdo cocinadas hasta el cansancio y las latas de cerveza sonando en mis oídos al entregarse, ¡putas latas!, a otros y yo más cara de huevo de iguana agarraba, pero de digna iguana, de iguana con rabia, como la suya cuando su machete se topó con la piedra laja, abuelo Marieta, y la nave desapareció en el cielo y se alejó impulsada por doce pares de remos. Y yo no alcancé a subir en ella, abuelo Marieta.

Cuando las películas eran de amor, el cerro guardaba silencio y todos nos sentábamos sobre nuestros talones y rascábamos los dedos de nuestros pies suspirando . . .

—Yo recuerdo que érase un día lunes, comenzó Veremunda. —Félix acababa de cumplir sus quince años y nunca se sabrá si fue un acto premeditado o un impulso misterioso el que guió su mano hasta la altura de la sien derecha, y con el índice apretó el gatillo destrozando sus sueños.

—Si me dejas me mato, se le escuchó decir al dejar la casa de su amiga en Aguadillas, continuó la sempiterna, y cierto, nunca se sabrá si fue un acto premeditado o un impulso misterioso el que le hizo lanzar la cuerda por sobre el árbol cargado de mangoes y enseguida guindarse balanceando sus sueños.

—No, antes de su muerte se escuchó un ruido atronador, cual si las puertas del cielo se abrieran . . .

—O a la sempiterna la abrieran, aventuró muerta de la risa la Moriviví, y ante el silencio frente a su broma, por lo que con eso no se juega, amarró tres lacitos en castigo.

. . . —tras lo cual apareció su cuerpo aplastado y apretado en su mano, dijo la reverenda Conchi, —(y nunca se sabrá si fue en un acto premeditado para denunciar a quien arrancó su vida o si fue obedeciendo a un impulso misterioso) un par de anteojos de larga vista con los cuales trataba de mirar el porvenir que le esperaba aquel día en que cumplía sus quince años. La cara nunca se le vio por lo que los de la base militar se llevaron en secreto su cadáver; se dice que fue un cohete el que sesgó su joven vida al caer sobre la playa de Vieques y fue así como sus sueños quedaron enterrados en la arena.

Y nosotros suspirábamos en las películas de amor hasta que en el medio de un beso era tanto el ardor que comenzaba a prenderse una fogatita y comenzaba a salir humo y a aparecer unas llamitas azulverdosas y a reaparecer la sábana tras las imágenes que se desvanecían, pero esas noches nadie pedía que le reembolsaran la taquilla ni espantaba a escupitajos las iguanas que hacían el amor en el camino.

Y hubiera escapado pero no podía por lo que ya la nave iba muy lejos y hasta las narices de mi padre llegaba el olor caliente de la Moriviví a consolarlo y a calmar su hambre. La Moriviví, encarnación terrenal de la guacamaya virgen, que no se perdía una, ni película ni procesión de muertos, ni velorios amanecidos de contar historias de desaparecidos que se aparecían pensando que quizás, por qué no, si a otros sí, y no son mentiras, por qué no a ella y que esta vez abrió enormes ojos dando un enorme alarido al reconocer en el nuevo occiso asesinado -gracias al viento juguetón y traicionero que levantó el pelo de su frente- a aquel que no llevaba la marca y del cual fuera separada en su más tierna infancia, aquel del que conoció su inexistencia al escuchar la confesión de una desgreñada y tropical prostituta que en su agonía limpiaba su conciencia y alegraba al auditorio contando sus aventuras vividas en un bosque de deseos desparramados entre los peldaños de las interminables escaleras y los espejos rotos que cercaban el mundo de Adelaida Rivera, contando el futuro a las viejas del cerro y a mi prima Encarnación Altagracia, hija de Castidad del Rosario y de Juanuca, de la que se decía vestía de hábitos de día y de deshábitos la noche, revelando al fin el nombre y secreto origen de la heroína de *Tu madre no es una cualquiera, es una esclava del amor*. Mientras tanto el eco del grito rebotaba junto a su cuerpo al caer por la montaña, eco de tragedia, eco de sorpresa, eco maligno acompañado de la risa de su esposo que por primera vez aplaudía mientras la tostaíta, la sonrisa perdida, preguntaba a gritos a la Moriviví que teatralmente rebotaba por el precipicio el por qué tenía un lacito desamarrado y si sabía dónde habían enterrado al otro, al primero, que regresara, que se equivocó, que ese no era Perfidio.

Y la Moriviví regresó al cerro llamada por el secreto y Nepomuseno dejó de sonreír pero no de agarrar, más por cansancio que por otra cosa por lo que Nepomuseno nunca produjo placer y la Moriviví estaba condenada a retorcerse de deseo contra el tronco de la palmera, a irse en deseo al sentir las cagafuego subiendo por sus muslos, y ese día supo que la seguirían agarrando, pero de dispensa, en castigo por ser de aquellas que compartían el secreto.

Ya lo sabía yo, no era que en el cerro no gozáramos, era que los mafafos no funcionaban como debían y por costumbre de mujeres nos sentíamos culpables, cuando a decir verdad el tentagallinas producía más placer que el montón de bichos, dijo, sorprendida de su agudeza, la sempiterna señorita Hermenegilda de las Mercedes y ese día se le desvío por segunda vez el pensamiento a Veremunda y le deshizo un lacito a las pantaletas de la Moriviví.

El día del funeral, no del primero por lo que al primero lo enterraron a escondidas, ni del de la Moriviví por lo que ella no se mató, su prestigio se expandió por el Caribe y al prestigio de su grito añadió la leyenda de su belleza platinada, de su olor a requemado de tembleque, de los destellos de su sonrisa rebotando por las curvas del camino, del placer escondido por sus lacitos. Si hasta vino un director de cine europeo de esos que andan faltos de ideas para convencerla de abandonar el cerro y repetir su grito y caída en un cerro de cartón piedra pero la Moriviví se negó por lo que es como los coquíes y allá se habría muerto no de leyenda ni de película sino de muerte, y la palmera se habría secado de tristeza.

No en el funeral del último, por lo que el último estaba esperando, no, en el funeral del otro, de ese que todos sabían que moriría a manos de mi primo por lo que desde el día de su nacimiento así se lo repitieron, por lo que era el único que no tenía la marca.

Fue en ese funeral que Encarnación Altagracia decidió enterrarse en vida y que se reunió por tercera vez toda la familia de mi madre y aquel que no llegó, Ado, hizo brotar un cardo seco, reventar una lechosa y soltó otro suspiro en el solar que sonreía.

—Pero si sólamente había tres tumbas, ¿dónde se metió Encarnación?, susurró la sempiterna, mientras un delicioso escalofrío paraba los pelos de su espalda.

—Ese día se vio rondando nuevemente al Chupacabras, dijo la reverenda Conchi.

—Dos hoyitos tenía en cada labio cuando la encontraron.

—Pobrecita, dijo la sempiterna, de seguro que lo besó obligada.

—Y, ¿quién está hablando de la boca?, dijo Santa Rivera.

El cuerpo explotó en gases y mierda regado por el orín y los restos de cerveza y caña que los alegres dolientes arrojaban desde el balcón del clandestino que se encontraba al lado del basural, apostando pagar una fría a quien reventara las burbujas que horrorizadas escapaban de la mirada ausente del muerto llevando con ellas la última imagen, la última, aquella en que se ve por primera vez, y por fin se entiende, que a su destino uno no escapa.

Y no era falta de respeto por los muertos, se trataba de respetar la tradición, se trataba de volver a revivir los buenos momentos que el muerto había vivido con sus amigos bebiendo una fría y cantando canciones de amor y contando las aventuras del camino del agua, y si este muerto reventaba en burbujas lo que pasa es que era un fátulo y su aliento era impuro, y las entrañas las había perdido en los mundos inferiores durante su primer viaje, y se dejó devorar para regresar contra la corriente por lo que nunca se decidió a abandonar su otra imagen, y no supo qué hacer de su eternidad puesto que no era un muerto resucitado y por ello no mereció una tumba en el solar.

—¡Chacha!, y yo que casi, brrrrrrr, se estremeció la sempiterna señorita.

Los abominables hechos ocurrieron un sábado en las horas de la madrugada. Luego de conversar con su madre, la joven decidió darse un baño y acostarse junto a sus dos inocentes hijitos. Cuando entró al cuarto e iba a encender la luz, de detrás de la puerta . . .

—¿Para cruzar los cuartos también se usan puertas?, preguntó la sempiterna . . . —surgió una siniestra figura . . .

—el Chupacabras, dijo la sempiterna.

—¡Cierra la bemba!, exclamamos todas a coro.

Siniestra figura que portaba un largo cuchillo. —No grites, le dijo el extraño personaje, y seguidamente le entregó una nota escrita a mano en un papel de libreta la cual decía así: no mires hacia atrás y haz lo que te pido, si no quieres que te mate a ti y las dos inocentes criaturas que duermen en la hamaca. Por favor, no grites, no te angusties, no vas a salir preñá.

—Ya sabía yo lo que quería, ¡los hombres!, todos quieren lo mismo, es conmigo que no quieren, dijo, con tono de reproche, la sempiterna señorita.

—Lo que quiero hacerte es el amor, dijo el extraño personaje confirmando el juicio de la sempiterna, acuéstate boca abajo, pon las manos atrás y dobla las piernas.

No empece a las amenazas, la joven, arriesgando su vida comenzó a gritar.

—¿De gozo?, preguntó la sempiterna.

Los gritos despertaron a su madre que corrió a la habitación y entre las dos dominaron al extraño personaje y al quitarle la careta descubrieron con tamaño espanto que el extraño personaje no era otro que . . . y el ruido de los recuerdos que se escapaban por la ventana no me dejaron escuchar el final.

Por ello la cerrada muralla de bambúes exorcisaba en alegre fila al viento las tristezas, los roncos gritos, las telitas desgarradas y las indiscretas risas, que tras los platanales regara el aire, el polvo, los deseos, el muerto y de paso al mismo tiempo dispersara hacia el olvido el nombre de la víctima, y del victimario.

Vengativos sexos que compasivos intentaron purificar el cadáver y lo único que lograron fue ahogar las caga fuego y ensuciar la llamativa y sedosa guayabera de garabatos de mi tío-abuelo Ulpiano de la Divina Cruz.

Le pusieron de la Divina Cruz por lo que nació el mismo día en que murió aquel que crucificaron contra el cerco en el cerro, no en el nuestro, en el otro, el del frente, el de los Rivera. Ulpiano en homenaje a su pai, abuelo Marieta, y el de la por lo que estaba destinado por su nombre a bajar del cerro y con ese de la, mi abuelo pensó que se le notaría menos al escalar el cerro, no el nuestro ni el de los Rivera, no el de los Ayala ni el de Santa Olaya, no el del guindao ni el de su verdugo, no, el cerro social que domina la plaza de mercado de mi pueblo, Bayamón y a lo mejor lo llamaban *de la* y olvidaban el de Minillas.

Con el tiempo iba a ser de buen tono el haber nacido de cuna pobre y en un cerro perdido de la isla y mientras más pobre y más perdido más se iba a escalar en la escala internacional. Y si a eso se le añadía que uno venía de uno como usted, abuelo Marieta, de uno que no conocía el significado de las letras entonces uno llegaba a la cumbre, pero eso todavía no lo sabíamos y en aquella época sonaba como más chic el decir *de la* que *el de Bayamón*, el de la tierra del chicharrón volao.

Ulpiano de la Divina Cruz fue el que enredó los recuerdos cuando llevado por sus impulsos se dedicó a desgraciar las descendientes de Adelaida las que empezaron a parir bastardos con la mitad de la marca maldita en la frente, bastardos que se fueron a poblar la quebrada, bastardos que no pudieron dormir por lo que se la pasaban batallando con ellos mismos, deseando a su madre y maldiciendo a su padre, el nieto que siguiera en el desorden de sus deseos a Veremunda Nonata abuelo Marieta.

—A todos los llaman, pero a nosotras sólo nos dicen, las muchachas, ¡chacha!, como que aquí hay medio discrimen, dijo la sempiterna.

—O de cariño, intentó, cambiar la historia Veremunda.

—¡Chachas! Se escuchó llamar al recuerdo de Justina, y tres salimos corriendo.

—Espérenme, alcanzó a decir la reverenda Conchi.

—Y yo me quedé sola en el solar de Ado.

Llamado respetuosamente Ulpy por aquellos que apostaban sus esperanzas perdidas en la ruleta de los sueños sin horizonte y sus inútiles boletos se estrellaban poblando de desencantos el camino del cerro, llamado sin el de la por los habitantes del cerro sin amor, el nuestro no el otro por lo que allá se le notaba su extracción como quien dice. A decir verdad a mi pobre tío-abuelo se le notaba bastante más de como quien dice, y peor aun, vivía con esa desagradable sensación que produce piquiña en la boca del estómago, gases en el estómago y seguidillas al finalizar el intestino de que los miembros de la sociedad bayamonesa le hacían sentir de intento que se le notaba que en vez de subir había bajado, y eso pese a todos los esfuerzos que hizo.

Consultó a Victoria Cristal, espiritista psíquica especialista en la preparación de fórmulas y rituales secretos, consejera de amores, negocios, problemas personales, familiares y conocida por reunir separados, parar envidias, devolver la potencia, remendar entuertos, romper empachos, hacer y deshacer trabajos a distancia, eliminar pasados y borrar malos recuerdos; la consultó y siguió al dedillo sus sabias instrucciones. Lo único que Victoria Cristal jamás pudo hacer fue otorgar amor a los matrimonios de conveniencia pero eso nadie lo lograba, quizás por lo que a nadie le interesaba y a decir verdad el matrimonio de Ulpiano, aunque no le conviniera, era de conveniencia.

—No es amor lo que se necesita, lo que se necesita es un buen amarre, dijo la reverenda Conchi —y para amarrar a un hombre y a una mujer se necesita éter, amoníaco, una macetita de tierra, una planta de ortiga, . . .

—Chacha, con cuidado que pincha, dijo la sempiterna.

. . . —un frasco mediano, un corazón de pollo crudo, . . .

A lo mejor se puede usar el de los pollos que desangró el Chupacabras, dijo la Resucitada.

. . . —una imagen de la Santa Muerte, una foto de los enamorados, los calzones y las pantaletas, tal como se los hayan quitado y si se los quitan oliendo a amor, mejor. Se corta la foto en dos cuidando de no cortar la unión de las manos, se pone en el calzón y la pantaleta la cara mirando hacia las manchas, se les amarra haciendo un nudo lo más fuerte posible, el cual formará la barriga de los dos monitos, con otros nudos se formarán las cabeza, los brazos, las piernas.

—Y el mafafo, gritó, excitada, la sempiterna.

—O se rompe para simular la crica, dijo, a punto de desvanecerse, Veremunda.

—¿Se puede hacer un lacito?, dijo, coqueta, la Moriviví.

—Se unen introduciendo el uno en el otro, dijo saca pica la reverenda Conchi. Entre ambos monitos en la parte superior se coloca el corazón del pollo para que su amor viva por la eternidad, la imagen de la Santa Muerte para que mate cualquier deseo que quiera alejarlos, se añade el éter, luego el amoníaco, se cierra el frasco y se entierra en la macetita de ortiga.

—Y a la, al que, se interponga ¡que te pica!, terminó triunfante la sempiterna señorita.

Pero Ulpiano no andaba buscando amarres, amarrado lo tenían, y consultó a Victoria Cristal. Bañó, siguiendo sus indicaciones, su cuerpo tres veces al día con agua de azahar, frotó su frente con menta fresca, su sexo con yerba luisa, la arrasa todo, impregnó su cabellera con Yiang Yiang, añadió un poco de agua Florida y esencia de San Miguel para que todo cambiara, se santiguó el pensamiento, sobó el recuerdo, le prendió nueve velas a Santa Clara, la santa del olvido y al noveno día las dejó consumir regándolas con esencia de pachulí para borrar hasta el olor.

Sin embargo, pese a todo, seguía teniendo la hijo de puta certitud de que como que todavía se le notaba, como de que pese a los chavitos siempre se le notaba que era de nuestro cerro y no del social donde resonaban como bofetada en los oídos de Ulpy las miradas burlonas por lo que en ellas explotaban en risas y cuchicheos chavándole siempre el sabor del escocés con agua de coco y para joderlo, de coco de la palmera de nuestro cerro, abuelo Marieta, y pa' más joderlo le decían: sabrosos los cocos del cerro de Justina, ¿ah, chacho? Debe ser por lo que no tienen letrina.

Y mi tío-abuelo, Ulpiano de la Divina Cruz, se revolvía de rabia. La maledicencia, última herramienta de una sociedad fátula y lenguaraz cuyo sentido de la decadencia sigue en lo precario pero que mantiene su poder con el escándalo y la murmuración como armas y que es curioso, logran que, tras arrastrar las reputaciones por el lodo de la infamia, esa escoria destinada a la marginación y por ende al destierro, al fracaso o a la soledad, logra que se siga, alrededor de un palito de ron, conversando con ellos como si fueran viejos y leales amigos.

—¿Será por lo que los cocos son cocos del cerro o por la yerba luisa? ¿O será por obra de los conjuros de Victoria Cristal?, se preguntaba mi tío-abuelo Ulpiano de la Divina Cruz.

—Para barrer la malediciencia, indicó la reverenda Conchi, —debía haber espolvoreado la suela de sus zapatos con canela . . .

—Un día trece, dijo la sempiterna.

. . . —y el catorce barrido sus huellas de

adentro hacia afuera hasta desbarrancarlas por el cerro, y enseguida haber lavado la suela con agüita hervida con ramitos de albahaca, ruda, yerbabuena, lechuga y romero macho, terminó la Santa Rivera.

—Romero macho no, dijo desde su tumba Justina. Si este me salió alzao, más bien había que hervir zapote para calmarle la calentura.

En cambio, siendo cariñoso, el puro Ulpy de los del cerro, del nuestro, no del otro, ya no sonaba tan sonoro ni cariñoso como las plenas que adoraba por lo que ahí también se le notaba, se le notaba que era de allí, pero que se había ido sin lograr irse y el cerro no perdona a los que se embarcan en nave equivocada y se lo hace notar chavándoles el sabor de la piña colada al negarles el pitorro.

Ulpiano de la Divina Cruz era elegante, había aprendido a calzar zapatos de oreja como usted le enseñara, abuelo Marieta, de marroquín con incrustaciones amarillas, como usted le indicara. Usaba un sombrero de tigüero real, pantalón de rayitas azules aprisionando el movimiento, pañuelo de telitas tejido de gemidos y juramentos de amor pagados con mezquinas promesas a muchachitas que manejaban las artes, a prostitutas que gritaban en inglés pero que, como toda puta que se respete, habían aprendido las artes del amor de las francesas, la paciencia de las orientales y los gemidos de placer en las películas de los sábados. Incluso tenía a su haber una Miss Puerto Rico que hablaba spanglish, ¡chacho una Miss Puerto Rico!, dejaba caer con orgullo De la Divina Cruz y más fuerte se reían de él por lo que ya en aquella época las misses no cobraban sino que lo hacían de gratis y cuando cobraban era por amor para comprarle calzones de tafeta, pagarles un departamento y apagarle los deseos a sus maridos, y mi pobre tío-abuelo era el único que no lo sabía. Y ella, su Miss, con su ya gastada corona bordaba coronitas con las flores de desesperanza que brotaban en el solar de Ado, coronaba riendo, y por dos pesos, el miembro de Ulpiano de la Divina Cruz y ambos en real ceremonia se vestían de etiqueta y de tristeza para hacer el amor y Ulpiano de la Divina Cruz mojaba sus dedos en el caldo del deseo y tocaba los billetes que se reían y se revolcaban y se reproducían y mi tío-abuelo que, casi aceptado en su desgracia, sonreía pagaba y escalaba, pagaba y hacía el amor, pagaba y no gozaba y seguía añorando a las que se entregaban en el camino del agua, y se subían las faldas sin ceremonias, y gritaban sin ser señoritas y pedían la leche pero también daban con generosidad la suya y que riendo se bamboleaban en la curva de Adelaida Rivera.

—Nunca supo Ulpiano de la Divina Cruz que las que todavía cobraban eran las misses Universo y a decir verdad de chiquitito que se le notaba, dijo abuelo Marieta.

—¿Qué se le notaba?, preguntó la sempiterna, mirando por costumbre hacia la entrepierna.

Y mi tío-abuelo sonreía, mojaba sus dedos y escalaba, mi tío-abuelo que había conservado, plastificado y colgado en su casa -y que se vayan al carajo si ahí se le notaba- el amarillento cartel garrapateado en una hoja roja, aquel que había colocado sobre un cajoncito de manzanas donde había instalado casi jugando su primera oficina en una curva del camino, la curva encontrada con la del colmado de Tongo, para vender saquitos de tierra a los recién llegados, juguetes rotos a los rotos deseos de sus hermanos, consoladores a las solteronas, cosquillitas a las vírgenes, cremita para los callos a las beatas y a las niñas del prostíbulo que se encontraba al comienzo del camino, y ungüento de Ginseng, jalea real, Damiana, concha de ostras, fósforo y extracto de cocuyo para cicatrizar heridas y prolongar el amor otorgándoles la felicidad a las mujeres del cerro en la época en que hasta en la misa del domingo le negociaba la limosna al sacristán mientras acariciaba por necesidad de amor y chavos las peludas y no rasuradas piernas de la esposa de Pablo Silva, desgarrando con rabia la guayaba agusanada de la mujer de Pablo Silva y pese a los gritos de placer que daba y a las declaraciones de amor eterno se le notaba que al igual que sus misses él también lo hacía por chavos por lo que en aquella época ya se le notaba la falta de amor a Ulpiano.

—Desde chiquito que le gustaban las nueces, dijo mi abuela Justina, y las nueces inducen al progreso y más aún cuando están roceadas de limón seco, lo que pasa es que las mezclaba con grosellas y las grosellas favorecen las aventuras sexuales insospechadas.

—Lo que pasa es que Ulpiano era un braguetero, dijo, sin respeto, y constatándolo, la sempiterna señorita.

—No, la que lo puso braguetero por no satisfacerlo fue Atanasia Serafina, la corrigió Veremunda.

—¡Claro!, siempre la culpa es de las mujeres, retorcó la sempiterna y yo sé por experiencia propia que se ponen bragueteros cuando no se saben bajar la bragueta.

Y todas entreabrimos las piernas asintiendo.

Hoy, treinta y tres años después del primer grito de la mujer de Pablo Silva mi tío-abuelo, Ulpiano de la Divina Cruz, comiendo un gigantesco plato de arroz con habichuelas, la fría en la mano observaba satisfecho el camino recorrido y el enorme cartel celeste en que se leía: Ulpiano de la Divina Cruz Inc., y en letra chica, el rey de la segunda hipoteca: se compran, venden, y transforman sueños. Así, con ese Inc. que le añadían a todos los negocios cuando se bajaba del cerro y se subía de condición social, y uno se volvía como multinacional y se encerraban los nombres en un cartel de madera y se encerraba el pecho y se aprisonaba el viento y se encerraban los pies y el cuello, y los pies dolían y el alma dolía y el agua de coco quemaba de recuerdos que corrían libres por el cerro y chavaba la sonrisa, y las orejas ardían por lo que se le notaba que quería que no se le notara que era de nuestro cerro, abuelo Marieta, pero se le notaba que quería ser del cerro y jamás haber bajado de Minillas donde las cosas seguían llamándose por su nombre y nadie sería tan pendejo como para llamar al colmado de Tongo: Tongo's Colmado Inc.

—¡Chacho!, exclamó rompiendo su silencio el abuelo Marieta, si Ado lo supiera.

Ulpiano, que ese día, el del entierro -no del primero, tampoco del último- estaba dispuesto a prestar su cajón y regalar un saquito de tierra, así bajo cuerda, sin que se supiera, para cubrir el cadáver, su pasado y el secreto de nuestra familia para así poder pasear la cabeza en alto por la carretera número 2 seguido por Atanasia Serafina, su más reciente esposa, mi nueva tía-abuela por alianza, que caminaba arrastrando penosamente los ñames sobre el empedrado, la morusa flotando al viento, una vieja sombrilla en la mano para protegerse del ardiente sol.

Mi tía-abuela por alianza que caminaba equilibrándose sobre los afilados tacos que le imponía su nueva condición social bamboleando la alcancía llena de desiluciones, ocultando en el bamboleo los engaños de su marido, sonriendo su boca de un gigantesco ramillete de falsas alegrías, sonrosadas sus mejillas por la falta de caricias, sonrosada su piel por los golpes recibidos, chillando al viento para que todo el pueblo supiera de su felicidad.

—¡Chévere Ulpy, chévere!, y su risa aguda y cristalina se escapaba pidiendo auxilio chocando en la esquina de la 2 con la 167, esquina protegida por el culo omnipresente y antihuracánico de Ramón Luis el alcalde, y la carcajada regresaba a su propietaria que agarrada de la chequera de mi tío-abuelo repetía desgarrando mi alma

—¡Chévere Ulpy, chévere! ¡Qué felices somos!, mientras el solar alargaba sus brazos sin poder consolarla. Quizás por lo que ella también se había embarcado en la nave equivocada, abuelo

Marieta.

—Debía haber comido pistache, dijo la sempiterna.

—No, replicó Veremunda, —Atanasia no estaba celosa, pero había comido uvas y por eso quería la prosperidad constante y sonante.

Mi padre en cambio adoraba las guayabas y pese a que las devoraba nunca lo aceptaron.

—No es cierto, dijo Veremunda Nonata soñando el crimen.

—Esta es la verdadera historia: en aquella humilde vivienda rodeada de cafetales fue el recogedor del aromático grano quien planificó el asesinato de su cónyuge y a quien las autoridades encontraron colgada del improvisado patíbulo fue a ella, pero era su marido, no su hijo, quien lloraba a gritos desgarrando el alma mientras, en la falda de la montaña, llenaba pasiblemente un almud con el rojo fruto.

Fue su hijo quien escuchó la sentencia de la desgraciada cuando el marido le dijo de voz ronca de alcohol y deseo: Nena, de esta noche no pasas, y él se acostó para evitar a su vez ser castigado.

No empece a que la humilde mujer le había anunciado que lo abandonaría si continuaba sus abusos . . .

—Las gallinas mean, afirmó por segunda vez la sempiterna señorita.

—Mean, pero sentadas, le replicó Veremunda, —puesto que esa aciaga noche de tropical tormenta le cocinó arroz, habichuelas y carne guisada, platos que, desconfiado, su marido no quiso probar aceptando solamente un café colado de su propia mano. En aquel momento ya había decidido usar la larga tira de tela que usaba para amarrarla de los dedos de los pies -para darle movimiento debido a que su padecimiento de lupus le afectaba la circulación- para ahorcar de doble lazo a la presunta suicidada. Al cantar el chucho por tercera vez Dimas se levantó y se preparó un plato de maroto . . .

—¡Qué sangre fría!, exclamó la sempiterna señorita Hermenegilda de las Mercedes estremeciéndose.

. . . —y después de comer con pasmosa calma, continuó Veremunda Nonata, —rodeó su espúreo cuello con la tira y comenzó a apretarlo. La lucha fue terrible, la mano de la desgraciada intentaba vanamente alcanzar la cuchilla . . .

—De tipo curva, le recordé yo.

. . . —y a lo máximo que alcanzó fue a deslizar sus dedos entre el cuello y la cuerda lo que permitió que un grito hasta ahí ahogado escapara por el cerro.

—¿Grito?, ¿cuál grito?, preguntó la Moriviví.

. . . —Durante diez minutos apretó la tela, diez interminables minutos durante los cuales la mirada de la desgraciada se dirigía, con instinto desencadenado por el amor materno, -y pese a lo que éste le había hecho- al hijo, mirada que reveló al padre las verdaderas relaciones que el sátiro mantenía con su propia madre y que hicieron que cerrara aún con mayor fuerza el anillo mortal que rodeaba el cuello de la desgraciada; diez minutos al cabo de los cuales arrastró el cadaver ya difunto y arrojó la cuerda de tela por sobre una viga, no sin antes reforzarla con cuanta media de hombre encontró en la humilde morada.

—Las mismas medias que su mujer había remendado de propia mano, añadió de voz cargada de reproche la sempiterna señorita Hermenegilda de las Mercedes.

—Y, continuó Veremunda Nonata, —hecho esto la guindó.

Los dedos de los pies de la desgraciada casi tocaban el suelo de tierra, y en la fría madrugada, el criminal comenzó a recoger, en la falda del cerro, como si nada hubiera sucedido, los granos del rojo fruto.

—Al ver llegar la autoridad montó una escena teatral digna de Arturo el protagonista de *Tu madre no es una cualquiera, es una esclava del amor,* interrumpió la sempiterna señorita Hermenegilda de las Mercedes.

. . . Desgarrando el aire y el alma de aquellos que lo escuchaban el fátulo gritaba:

—¡Mai! ¿Por qué nos has abandonado? ¿Qué haremos solos en este mundo cruel? ¡Ay!, así exclamaba el desgraciado antes de que la marca fatal que lo denunciaría comenzara a aparecer en su frente, terminó su desgarrador relato mi tía-abuela Veremunda Nonata.

—¿Entonces los dos estaban de acuerdo?

—Y si no era Dimas, ¿a quién arrojaron en el cementerio?, preguntó la tostaíta, mientras el grito proferido por la Moriviví que rebotaba cerro abajo me ocultaba la respuesta.

Y al grito de la desgraciada las secretarias de Ulpy se excitaban y la Inc. funcionaba a pleno motor moliendo caña, devorando sueños, bamboleándose sobre afilados tacos, bamboleando su sexo vengador por lo que ellas se habían subido a la palmera sin lograr bajar del cerro, y en venganza, para alegría de mi tío-abuelo, la Inc. trabajaba día y noche tejiendo la red que aprisionaría Bayamón y los cerros que lo rodean; y una tras otra la prestaban contrato tras contrato y los pinchos se revolcaban y la salsa picante del trópico las embadurnaba dorándose los pinchos, chirriando de placer la grasa al caer sobre el carbón ardiente, sonando las latas de cerveza, todos pegándose un palito, y los pinchos quemándose y enviando nubes de aroma a invadir el pueblo, y mis narices hambrientas de amistad y mis pequeños dientes de leche mordían las chinas amargas del palito del jardín de la Inc. de mi tío-abuelo y los mangoes mayagüezanos que pudriéndose reventaban al otro lado de la reja, al otro lado de la pieza miserable que compartíamos noche tras noche con el miedo y los ratones.

En esa época pasó San Nicolás tras la tercera pasada del barco en el que se decía viajaba el obispo y esa noche fue que los asesinos comenzaron a rondar y nunca supimos quién los pagaba, si mi tío-abuelo Ulpiano de la Divina Cruz o la sempiterna señorita Hermenegilda de las Mercedes o era solamente mi mala suerte o eran los recuerdos de mi padre que se habían despertado y volvían noche tras noche para asesinarnos mientras los mangoes y las guanábanas reventaban al otro lado de la miseria en el patio de la escuela de mi hermano, el nuevo prisionero de los sueños de mis padres.

—No es cierto, dijo Veremunda, los pagábamos entre los tres.

Y yo enterraba mis inútiles y orgullosos diplomas en el solar de Ado por lo que un día sin quererlo había descubierto quiénes eran los asesinos e intenté prevenir a mi padre pero ya era demasiado tarde y hoy, sola, observando el solar de Ado jugaba con su sonrisa, único bien que junto a sus sueños al fin libres de pesadillas me dejara.

Se dice que al comienzo de todo se unió la conciencia pura con la energía y que de esta unión, de este choque astral, de su orgasmo nacieron los planetas, las estrellas, la luna y nosotros. Y es la unión de los contrarios la que engendra una vida nueva, la unión de lo alto y de lo bajo, de lo terrenal y de lo espiritual, de lo bueno y de lo malo, es como si los dos polos se fundieran dando nacimiento a una nueva energía.

—¡Chacha!, ¿y si te falta un polo?, preguntó la sempiterna señorita, —por lo que la historia es hermosa pero se necesitan dos, y si una como una es una . . .

—Cierto y si se es una sola, salió al apoyo de su hermana, protestando, Veremunda Nonata

—o si al otro se lo llevó el huracán, añadió sollozando Casandra,

—o si desapareció, dijo Juanuca,

—o si el otro no es el buen otro

—o si no se sabe cuál de los Dimas es . . . y las voces siguieron subiendo por el camino y hasta la curva de Adelaida dejó de reír para protestar.

—Si se es una, respondió la reverenda Conchi, nos toca vivir como vivimos.

Y hasta los cocuyos partieron corriendo a ver si agarraban otro.

—¿La palmera cuenta?, se escuchó de tímida voz a la sempiterna señorita al mismo tiempo que tres agarrábamos el tronco de firme mano.

—Pero tiene que ser un polvo polvo, dijo la Moriviví, —porque si es un polvo como los míos no da ni pa'un meteorito. Y todas la compadecimos, porque tenerlo para que se chingue es mejor no tenerlo.

Al principio, los dioses hablaban a través del sexo de las sacerdotisas, recibían las ofrendas, se bañaban con la sangre del animal sacrificado, bailaban al ritmo de los deseos, pero hablaban a través del sexo de la sacerdotisa si ésta lograba entrar en trance. Incluso las mujeres casadas podían -una vez penetrado al templo- abandonarse, tener relaciones con los que allí se encontraban para -de entrar en trance- dar a conocer el pensamiento divino y los hijos así engendrados no llevaban la marca maldita, al contrario, eran criados al interior del templo y venerados como sacerdotes.

—Y entonces, ¿qué pasó que todo cambió?, preguntó Adelaida.

—Fueron las formas rivales, dijo la Resucitada; las formas rivales encontraron el camino hacia nosotros y al abrir la puerta del ataúd dejaron escapar una parte de los recuerdos. Así fue que yo logré volver a este mundo.

—¿Y el espejo?, ¡con el reflejo del espejo

hago dos!, exclamó, triunfante, la sempiterna señorita.

El silencio coronó su pregunta.

—Claro, cuando no quieren indicar el camino siempre guardan silencio, dijo Veremunda.

—O es una forma de indicar el camino, me dijo en silencio mi abuela Justina.

Existió una parte de la familia que no dio fruto conocido, una parte que cruzó como sin cruzar, que surgió de las siete quebradas de la muerte sin venir marcados a este mundo, que devolvió la inocencia a las preguntas y que estaba condenada a desaparecer por lo que no diera fruto conocido. La originó Niobé, mi tío-abuelo, apodado el Inconsolable; mi tío-abuelo que según se decía era chavao de nacimiento, mi tío-abuelo con la tía-abuela de la tostaíta.

—Eso pasa cuando no se tiene un segundo nombre, un nombre con el cual viajar por la eternidad, explicó la reverenda Conchi.

—Como mi madre, dijo la Moriviví, por ello existió sin existir y por ello no logro saber quién es.

—No, replicó la reverenda, —tu madre tenía un nombre, más aún tu madre tenía un nombre y una profesión, cierto que para ejercer no requería de formación especial, pero requería de cualidades especiales y ésas, pese a que a tu madre no le sobraban, las tenía, y si tras tu nacimiento te regaló fue por tu bien, para ofrecerte otro futuro.

—¿Y quién le dijo que yo quería otro futuro? gritó, desmayándose teatralmente la Morivivì.

—No te transmitió las cualidades, pero te transmitió el deseo, le explicó con suavidad la reverenda Conchi.

—Pa'mí que la Morivivì comienza a entrever la verdad, dijo la sempiterna señorita.

A decir verdad, aunque nunca se le conoció poder alguno mi noveno tío-abuelo era capaz de cambiar el sabor de un pincho de gato por el de uno de tiburón con sólo adobarlo con miel de purga, hacía florecer la yerba seca y volvía amarga la yerba buena, detenía para conversar con sus ocupantes las naves en el cielo. Era novelero de cuna, le encantaba llorar en las historias tristes y se aburría en las alegres y pese a que nunca nadie le conoció poder alguno, en los entierros, sus lágrimas eran las únicas que lograban hacer brotar raicitas en el vientre del muerto y una flor en su ombligo, y por lo que no tenía poderes conocidos nunca se hizo problemas.

Era del más allá y se le notaba que era del más allá, y se sentaba en la diferencia de ser de allá por lo que jamás conoció acá. Además . . . además le respetaban la vida por lo que muerto que partía sin raicitas y sin la flor navegaría triste y para siempre sin encontrar un cerro donde reposar, y eso lo sabían los Rivera y los nuestros y usted también lo sabía, abuelo Marieta, y así nos lo había confirmado un sueño de Veremunda Nonata.

—¡Ay, no!, ¡por piedad no!, ¡una segunda vida no!, gimió horrorizada la sempiterna señorita

Hermenegilda de las Mercedes, limpiando con los dedos de sus pies la tierra que se amontonaba en su ombligo.

Niobé comenzó vendiendo pinchos de gato -cuando aún no descubría la fórmula para cambiarlos en pinchos de tiburón- en un pequeño carretón tirado por una cabra, descolorido carretón juguete de niño pobre, juguete perdida su infancia para salir a ganarse la vida, juguete adulto, juguete triste por lo que no conoció la caricia de un niño, juguete sin edad cuyas ruedas rechinaban despertando a los habitantes del cerro cuando pasaba de madrugada para ir a ocupar, el primero, el mejor puesto frente al gigantesco colmado que instalaran los nuevos amos de la isla en el corazón de Bayamón en la esquina de la 2 con la 831.

Se encontraba en la esquina encontrada con la clínica de asistencia y planificación familiar donde por una módica suma los deseos perdidos pero realizados se van por la taza del inodoro a alimentar los gatos y el río que en los días de lluvia inunda la plaza de mercado de Bayamón de llorones embriones mientras la puerta de la clínica se abre dejando escapar los vientres adoloridos de las muchachas caminando al viento la crica lista para ir a entregar sus sueños, por lo que el amor continúa soñando, soñando junto a un palito de ron para permitir el sueño alimentado por un pincho comprado a mi tío-abuelo Niobé en la 2 con la 831 mientras los autos pasan la puerta abierta listos para recoger nuevamente el vientre ensangrentado cual si fuera la primera vez y un pincho llora como bebé y alarga su mejilla hacia los labios de su madre buscando un beso. Mientras a lo lejos -en los cerros- la lechona, atravesado su cuerpo, quemaba su piel sobre las brasas para atraer clientes y en el suelo alrededor del carretón, juguete renaciendo en las caricias, los palitos de pincho florecían y gateaban mojando sus pies por lo que la fórmula permitía volver a caminar los pasos perdidos.

Niobé era puro, como pura era la tía-abuela de la tostaíta, ambos habían lavado sus tripas en el lago secreto, ambos habían habitado el mundo inferior y ambos estaban en paz con su conciencia y por lo tanto podían presentarse ante los dioses sin temor sabiendo que sus corazones pesaban menos que una pluma y por ello podían pesarse sin temor en la balanza de los muertos.

Una serpiente de fuego recorría la columna vertebral del Niobé y esa corriente se transformaba en un fluido que brotaba de sus ojos para penetrar en la cabeza de los muertos cuando los ponía sobre aquellos a los que quería resucitar y esos muertos podían dirigirse, en adelante, y durante el tiempo que durare la eternidad, donde quisieran ir: a la tierra de los vivos, a las doce regiones del mundo inferior o a lo más profundo de las vías lácteas; cruzar las siete quebradas de la muerte, y perdida la memoria, cuando en uno de esos mundos se encontraban con Niobé no lo reconocían ni reconocían en él poder alguno, pero sonreían sin quererlo al tostaíto.

Niobé era el único varón al que mis tías abuelas permitieron asistir a la ceremonia del lavado de las piernas descarnadas de la historia, a la búsqueda de la explicación de la historia de nuestra familia y nuestro cerro, a Niobé se le permitió asistir por lo que nunca dio fruto conocido y su conocimiento desaparecería con su muerte.

Hasta hoy no logro entender el porqué el Niobé no le hizo brotar una flor al primer muerto, abuelo Marieta.

—Por eso se chavó, no es que fuera chavao de nacimiento, y es por su culpa que tuvimos que revivir el futuro, aclaró Veremunda Nonata.

Tongo intentó conservar la costumbre y por ello fue condenado, no porque se casara con su prima, mi tía abuela María Treniá, como dicen los lengüeteros.

—¿Decía?, preguntó clavándome el pensamiento la sempiterna señorita.

Le había clavado el deseo a mi tía-abuela y en el cerro a los hombres que clavan el deseo las mujeres los defienden, y cuando las mujeres los defienden, ¡Chacha!, no hay puñal que encuentre paso.

—¿Alguien me puede prestar un martillo?, preguntó la Moriviví.

—No es tan simple, le dijo, experimentada la sempiterna.

—A los hombres y las palmeras, clarificó Veremunda Nonata.

Y para conservar la costumbre Tongo tuvo que luchar contra los recién llegados, aquellos que importaron el pensamiento, aquellos que desembarcaron aplastando los recuerdos, aquellos que tendieron el puente para que saliera Ado, mi tío-abuelo, Ado, el primero de la tribu, Ado, el único que sabía dónde estaba mi padre.

Tongo había instalado su negocio en la curva del camino ubicada entre la de Adelaida y la de la gallera puesto que dominaba las artes necesarias para calmar los ardores de Adelaida y para darle ardor a los gallos de pelea.

De todo había en el desorden de su colmado y uno perdía deliciosos minutos buscando sin encontrar lo que buscaba hasta olvidar lo que buscaba y perderse en el tiempo y el espacio buscando por buscar, encontrando los días de suerte una búsqueda perdida por algún impaciente buscador hasta que Tongo, gordo amable de voz cálida y no estruendosa -lo que casi le cuesta la vida en su juventud- respetado en su madurez no por ser el rey de la gallera o por cambiar los cupones de caridad por chavos, sino por haber raptado en su juventud a la reina de la gallera y haber sobrevivido, el buen Tongo llamaba al que se había escapado preguntándole suavemente:

—chacho, ¿qué buscas? Y al verlo regresar al cerro indicarle en qué perdido rincón se encontraba el ya sin importancia deseo, pesarlo de pícara pesa y envolviéndolo en una página de El Vocero devolverle con cariño la parte de la historia que le correspondía, esa sí bien pesada por mi tío-abuelo Tongo quien se preparaba a su vez, pese a haber pagado el entierro, a que le robaran la sucia libreta donde anotaba la historia del cerro y a ser asesinado por ser quien era, es decir mi tío-abuelo por alianza con María Treniá, abuelo Marieta.

—¿Pero, no lo mataron por lo que quiso conservar la costumbre?, preguntó Justina.

—El casamiento en familia era parte de la costumbre, y cuando no era en familia era en espejo lo que viene a ser lo mismo, replicó la reverenda Conchi, —y tú cállate, le dijo por primera vez a Justina, dejando entrever que conocía otro secreto.

En cambio, de todo se ofrecía en los modernos supercolmados construidos lejos del cerro, pero allí el piso no sonaba, los productos se encontraban prisioneros de un plástico transparente y los olores no conversaban con la gente, no salían sorpresivamente de tras un mesón para asaltar el pensamiento. Estaban los calzones de crea, pero éstos no conversaban con la amable paila de cobre que esperaba a aquella o aquel que le daría vida, que esperaba hacer cantar en su abrigado fondo la roja carne mezclada con las raíces de las plantas que bordeaban el camino y cuyos aromas permitían soñar sin salir de la tierra por la tierra a buscar sueños.

De todo había en el nuevo y enorme supercolmado, si hasta una alcachofa aprisionada en lejanas tierras llegó triste a ser exhibida en bandeja de plata, alcachofa que se enamoró de la llorona yautía, de aquella que negra y rosada como las mujeres de esas tierras guardaba en su corazón su aroma sin atreverse a, orgullosa como en aquella época en que podía hacerlo en el pobre colmado de Tongo, soltarlo para que paseara gallardo buscando a quién entregarse.

En el cerro en cambio el olor de la tierra húmeda subía desde las raíces del colmado envolviendo sus paredes y sus habitantes, los machetes colgados en una viga se entrecruzaban en amable lucha, el rumor de los carros traficados en el sótano se escondía de la policía que de tanto en tanto pasaba por el camino buscando un peso, buscando una cerveza, buscando que le ofrecieran lo que nunca le brindaron entregándole todo lo demás.

Los perros de yeso inmóviles en la estantería sonreían estirando sus colgantes lenguas hacia las piernas de las vírgenes cuyas mejillas se coloreaban de rojo, de celeste sus párpados, de brillante morado sus labios, y que de pícaros ojos sonreían a los cálidos y suaves cirios que olorosos esperaban ansiosos su turno para ofrecerse y derretirse entre sus piernas en honor a San Antonio.

—¡Ay bendito!, derretirse al calor de mi fuego sagrado, suspiró la sempiterna señorita Hermegilda de las Mercedes.

Eléctricos eran en cambio los cirios que se alineaban en los impecables y transparentes mostradores del moderno y gigantesco colmado, eléctricos y uniformes, de gran luz pero sin sonrisa, brillantes pero sin olor los nuevos cirios esperaban la femenina mano que los llevaría a ofrecerse a la virgen, rompiendo el sueño, en honor a San Benito.

—¡Ay chacho, ay chacho!, exclamaba mi tío al ver pasar las dos solteronas agarrando firmemente y a dos manos las linternas esquivando de un rápido movimiento de caderas el cajón donde los cirios se derretían de tristeza y ansiedad en honor a Santa Soledad.

—¡Ay chacho, ay chacho!, nos están cambiando el alma, repetía mi buen tío Tongo, anotando en un sucio cuaderno el fiado de la semana, añadiendo una habichuela por el servicio, borrando dos por bondad, marcando tres para que regresaran, sonriendo para que no se dieran cuenta, bondadoso Tongo, respetado por todos en el cerro desde aquel día en que se robó a mi tía-abuela María Treniá, respetado por todos hasta aquel día en que un disparo retumbó en el clandestino las tres copas.

La gritería y el salpafuera que se formó en el cerro fue indescriptible descubriendo el terrible secreto y despertando las conciencias adormecidas en mi familia, en los Ayala, en los Rivera. Criminal disparo que fue saltando de choza en choza, de chacho en chacha, de boca a hamaca, de hamaca a sexo, de sexo a boca. Criminal disparo que selló la virginidad de mi prima y desvirginizó a su hermana, la hermana del asesino, relámpago que fue subiendo despertando odios y rencores, sellando la suerte de Tongo, de los Rivera y de mi familia, relámpago corriendo desbocado por el camino llevando la noticia hasta el solar de Ado donde yo me encontraba niña sin infancia y sin juguetes observando con envidia una chiringa que sobrevolando la quebrada se perdía tras el séptimo cerro y yo, soñando, rescataba en mi sueño la sonrisa de mi padre de la tumba vacía.

—Pero ya era demasiado tarde, me susurró una voz.

—¿Abuela?, intenté interrogar al destino.

Las sábanas fueron las páginas de este diario y las chiringas que poblaron mi infancia, las sábanas volando por sobre las quebradas revelando los amores secretos, las sábanas, indiscretas hojas de plátano desgarradas, las sábanas, multicolor fresco de deseos, se elevaban a los cielos desde el camino del agua, desde las largas y ardientes noches del trópico que me envolvía.

Y entre las sonrientes sábanas ellas, las solitarias, tristes sábanas percudidas por la espera, oxidadas por las lágrimas de la desesperanza, solitarias sábanas que volaban de solitario placer antes de caer devoradas por las llamas a los pies de un cirio prendido en honor de San Antonio mientras en lo alto las sábanas poseídas se elevaban en canto de amor coqueteando con los rayos y gimiendo junto a los truenos, a los truenos y al grito perdido de mi prima Casandra, y en una de ellas, la más lejana, comenzó a aparecer el rostro perdido de mi abuela Justina.

Enredándose en los mástiles de las naves se erguían las sábanas almidonadas de la casa de las muchachas que amarillentas, satisfechas, los bordes desgarrados poseían las curvas del camino en homenaje a Adelaida Rivera. Sábanas oliendo a amores, transpiradas, abiertas de placer, hediondas de deseo, burdas, satisfechas, desafiantes y almidonadas sábanas de puta volando junto a cartuchas y arrugadas sábanas de beata, sábanas remendadas de delicado punto y cruz y desgarradas de furiosos dedos en amargo grito, amargas sábanas nacidas para amar y ser amadas y que solamente eran visitadas por fría linterna, vacías sábanas pobladas de cadáveres de hormigas, de restos de violada telita de palmera, sábanas de hojas de plátano que cubrían el camino del agua.

Sábanas hediondas a sahumerios envolviendo todo tipo de velas, de la primera, la blanca, para San Antonio, a la última, la negra, para San Pancracio.

Las sábanas mojadas por el pensamiento que temblando de curiosidad preparan la primera vez y que cual bandera se despliegan adoloridas tras el grito que la próxima vez será cicatrizado gemido de amor gozando por primera vez o por jamás, y junto a ellas la sábana que tiesa temblaba de placer tras secar el jugoso sexo de mis primas, las hijas de Bonifacio y que se secaba junto a la piadosa sábana que cubrió el cuerpo de Boni ocultando su sacrificio y resurrección de en medio de las aguas.

Las lenguaraces sábanas contaban la historia de nuestro cerro antes de irse cortadas y caer a tierra para que Castidad del Rosario las hilara para servir de mortaja a un nuevo asesinado, salvo una, que se dejó llevar por el viento para ir a sumergirse en los brazos de la fortaleza para entregarse a los sanguinolientos sueños de un preso abandonado por la historia.

Las floridas sábanas tejidas de telitas para tejer el pañuelo que usaba al cuello mi tío-abuelo Ulpiano de la Divina Cruz, las miserables sábanas bordadas de desdentadas coronitas de las misses para ir a coronar por dos pesos el sexo de mi tío-abuelo, las sábanas maculadas para confeccionar los solitarios calzones de lienzo del recuerdo de Juan Rivera, las sábanas del olvido borrachas de alcohol, las sábanas sudorosas y sebientas de los amores de conveniencia, las sábanas con olor a chamusquina, las varoniles y rígidas sábanas de las mujeres del amor atravesado, las gelatinosas y curvilíneas sábanas de los hombres del deseo virado, las estiradas sábanas sin arrugas de aquella a la que le salió impotente, las rubias sábanas hediondas a tabaco de los que se acuestan con la soledad, las negruzcas sábanas de aquellos a los que se les olvidó el paso del tiempo, las atractivas sábanas de sedosa cabellera ofreciendo jugoso seno, las arrogantes sábanas de los que pretenden ser sin serlo, las piadosas sábanas de cabeza rapada entonando cánticos sagrados en los conventos antes de romper los muros para desvestirse al ritmo de liberadores cantos paganos, las deshilachadas sábanas del miserable camastro de madera perdiéndose sonrientes en un mundo perdido y entre todas ellas la sábana espejo, la sábana de viento y pozo para recibir los amores desgraciados de Adelaida Rivera. Y en el solar de Ado, yo, yo con mi sábana esperando, abuelo Marieta, esperando para comenzar a sobrevolar el cerro en pos de la cuarta nave.

—¡Qué hermoso!, exclamó la sempiterna señorita Hermenegilda de las Mercedes, —pero a decir verdad ¡qué otra cosa es la vida sino una sábana de lágrimas!, añadió antes de que el recuerdo del disparo la interrumpiera.

Pero antes del disparo que agujereó la sábana -no la primera, tampoco la última mortaja- el cerro se vistió lentamente de amores, las piernas de las colegialas se enlazaron a las raíces de los flamboyanes coronándose de rojos pétalos y aquellas que se alejaron del camino del agua fueron a bordar con su sangre y sonrisas montañas de sábanas rotas, de sábanas que recogían el sudor y los vómitos del cerro, montañas de matrimonios deshechos y rehechos noche a noche en un cerro en que lo más seguro era -así lo enseñaba mamá Tutumamé y la experiencia lo indicaba- era, les repetía Veremunda Nonata, aparejarse en familia, y sin armar bochinche, colgar en la mañana su primera sábana.

Y el cerro sonreía mientras la sábana victoriosa arrojaba gemidos y olores desafiando otras parejas, advirtiendo a los deseos no fuera que fuera a aparecer un Rivera escondido en la sangre, y eso hasta el enviado de José de Cupertino II lo entendió y andaba como loco corriendo de casa en casa para otorgar dispensas antes de que sucediera una desgracia y enterraran al primero, antes de que su nieta resucitara y los otros por andar tirando apresurados se pasaran a los infieles que haciéndoles la competencia los dispensaban de todo, y para declarar amores en el cerro lo único que pedían era ser testigos y poseer una sábana y en premio les regalaban el manual de las cuatro posiciones del profeta para que lo colocaran en los cimbreantes traseros y llegaran más lejos en la búsqueda. Y la mujer de Boni es testigo, es fe y testigo por lo que lo alcanzó y por primera vez fue feliz con mi tío-abuelo —¡Aleluya hermano!, gritaba entre gemidos mientras Boni le fijaba de fuertes manos y peludos dedos sus inquietas nalgas en cuyos pliegues se escondía, ¡que Santa Rita de lo Imposible nos proteja!, la marca inconfundible de los Rivera. —¡Santa Gemita, milagro, Santa Bárbara que te sacrifico un gallo!, clamaba la infiel, explotando en jugos apartando las manos de Boni para ofrendarse al recuerdo del profeta.

—Ya sabía yo que no era con Boni que se podía ser feliz, dijo con evidente mala fe, la sempiterna señorita.

—Debe ser por lo que era de la familia, murmuró Veremunda.

La familia podía ser feliz, dijo mi abuela Justina. La prueba, yo fui feliz una vez, la última, aquella en que me dejé poseer hasta más allá del placer por la matita de café, aquella vez que la dejé subir por mis piernas y las abrí para que contemplara mi gruta, la acariciara y la penetrara en el momento en que, húmeda, los labios hinchados, la columna del amor enrojecida y explotando cual volcán, le pedí a gritos que ya, que había llegado el momento de penetrarme de un sólo movimiento y clavarme en el placer; sí, se puede ser feliz y explotar haciendo explotar.

—¿Y por qué demonios no se lo dijo a sus hijos?, reclamaron a coro las desgraciadas que se unieron a nuestra familia.

—¿Y por qué diablos no se lo dijo a sus hijas?, reclamó la otra mitad, aquella que se uniera a las hembras que formábamos la descendencia de Justina, aquella mitad que se sintió estafada puesto que se casaron con la inmóvil frialdad y no con la imagen ardiente y en movimiento reflejada en el espejo.

Y calladita susurré, a mi madre se lo dijo, se lo dijo, se lo transmitió, le enseñó a alcanzar el placer y ella me lo dijo y me lo transmitió en el momento de mi concepción, y una iguana sonrió diciendo, a mí me salpicó una gota del orgasmo y soy la iguana más orgásmica del cerro, y la palmera añadió: y mareada de placer para no caer se agarró de mi tronco con sus manos húmedas y me untó del sagrado líquido y por ello puedo otorgar placer a las titís, son ellas las secas, no yo, yo grito y me mojo y me voy cuando las hormigas comienzan a ahogarse en multitudinario orgasmo, el de las hormigas, el seco de las titís y el mío.

Y el tembleque saltaba de beso a hamaca, de hamaca a sexo, de sexo a labios y así nació la costumbre, decía, de colgar las sábanas del amor con mensajes resumen de deseos, traiciones, batallas, victorias, venganzas, mandas, novenas, recetas y derrotas; y la muda enorgulleció a su hombre ese amanecer en que logró desplegar en la cima de su cerro cárcel una sábana en que se leía "felicitaciones chico, por fin lo lograste", y por joder a su suegra María Treniá, mi tía-abuela, añadió en el medio de la maculada sábana: "¡y sin ayuda!".

—¡Chacho! nos están cambiando el cerro, suspiró Tongo, y María Treniá vio llorando al apuesto apostador que dando un tiro volao la sedujo. Esa noche fue la primera en que, seguida por el coro de beatas, se fue por el hoyo, en el que sería el escenario del crimen . . .

—¿Cuál de ellos?, le preguntó la sempiterna señorita Hermenegilda de las Mercedes a la tostaíta, por lo que en aquella época en el solar de Ado ya estaban cavando la tercera tumba. Se destapó otra botella y el jugo de los celos y la rabia se mezcló al sabor del ron, y el piso de tierra sonrió al sentir la gota que lo penetraba y cerró la herida causada por la piedra laja que invadía el cerro. Un tercer ojo apareció en la copa mientras los dientes tintineaban de deseo en su borde hediendo a tembleque quemado, y la mano furiosa y ajorada de aquel que sería el occiso se agarrotaba en el cuerpo no poseído de la tercera copa cumpliendo con su destino por lo que secretamente, y Veremunda Nonata había descubierto su secreto, la había deseado y si la poseyó fue con ayuda.

—Parece que es el del clandestino, le contestó la tostaíta.

—¡Chacho, chacho!, suspiraba tristemente el buen Tongo acariciando su ya destruida sábana y esquivando los malos presentimientos, escupiendo contra el viento para ver si regaba de entierro el escalofrío que recorría su espalda, para que se acompañaran con el primero, decía, y además para que el primero no saliera de su tumba por las noches a asaltar el pensamiento por lo que Tongo comenzaba a sospechar quién estaba enterrado en la primera tumba.

En la bifurcación del camino que marcaba la ruta hacia el solar de las tres puntas, el que unía sus aguas con las del cementerio clandestino en las noches de tormenta, decían las malas lenguas, María Treniá sembró ñame habanero para dar movimiento a las caderas, ají dulce para moderar el deseo, pimiento moderado para espantar al destino y, una lechuga mazo en mano, vigiló la salida la cual había entrampado de arena movediza traída de la séptima quebrada para impedir que los malos deseos entraran.

Acarreó piedras seleccionadas con los dedos como antaño y las pegó con la sangre de la primeriza, la sangre de la más desgraciada de la familia por lo que se sabía cargaba tres culpas, ser mujer, ser la menor y haberse escapado una noche de tormenta para entregarse. Y su sangre tiñó de rojo un coquí que envolviendo en su lengua la telita se fue saltando camino abajo para cantarle a mi tía-abuela María Treniá quien explotó en gritos y jugos, gritos de lamento, jugos de recuerdos, secretos recuerdos por lo que su falta yo la descubrí: ella también se había ido con un Rivera, . . .

—¡Ay Jesús!, exclamaron a coro la sempiterna señorita Hermenegilda de las Mercedes y Veremunda Nonata, —que el chucho la perdone.

. . . Pero el chucho se había vestido de Chupacabras y estaba ocupado seduciendo a la mayor de sus hijas, y eso usted también lo sabía, abuelo Marieta.

—¡Jesús!, una vez, aunque sea con el Chupacabras, te lo suplico, oró la sempiterna.

—Esa fue la primera vez que el Chupacabras no acudió a una cita, explicó la reverenda Conchi.

—Es que el Chupacabras podía leer el futuro a partir del pasado, dijo la Resucitada.

—Un día los malos sueños poblaron la noche de mal presentimiento, comenzó su relato mi tía-abuela, —y el sueño subió en el ardiente sueño saltando de claro en claro, deslizándose en las sábanas de mis hijos, y capaz que despierten y se den cuenta, como se dio cuenta la mayor de mis nueras el día en que se vistió de zapatos sin ser domingo, sin ser misa de muertos o rosario de agonizantes o novena de carencia o fiesta de primera sábana e intentó salir de traición.

—Seguro, si tenía hasta cara de traicionera, interrumpió la sempiterna señorita Hermenegilda de las Mercedes.

—Para traicionar, hay que tener a quién traicionar, ¡quiero ser la traicionera de tu amor!, exclamó Veremunda en dirección a un negro pensamiento.

—Seguro, por lo que la desgraciada iba sin marido, continuó María Treniá, —y mi hijo en la tienda seguía envolviendo caramelos de cinco soñando con poder envolver los de diez que dan menos trabajo y huelen mejor y los dedos no se manchan y al chupárselos saben mejor pero el apuesto apostador como que no lo encontraba maduro para tanta responsabilidad, y su mujer que como que no quería tambalearse en los zapatos para que no se reconociera de dónde venía y probar que las mujeres de su cerro también son honestas aun no tengan marido, pero viniendo su madre de donde vino y habiendo sido parida donde fue parida y ejercido donde ejerció, qué se puede esperar de ella.

—¡Qué!, ¿hay otro mundo tras el cerro?, preguntó la sempiterna señorita Hermenegilda de las Mercedes.

—Tú cállate, las mujeres hablan . . ., la silenció nuevamente Veremunda Nonata y por tercera vez se le desvió el pensamiento.

—¿Tercera?, pa'mí que va como en la décima. Y se llevó el cocotazo de su vida por lengüetera, mi tía-abuela, la sempiterna señorita Hermenegilda de las Mercedes.

Tras una reprobadora pausa, mientras se acallaba el alarido de la sempiterna, mi tía-abuela prosiguió:

—De ella, que por ser de otro cerro no se sabía, qué se puede esperar de aquella que reinó en el cerro y la gallera, de aquella por la cual los sexos de los hombres chorreaban más que las crestas de los gallos en combate, de aquella por la que los espolones salían de las fundas para atravesar los corazones, de aquella por cuya posesión quedaron tantas cruces regadas por el cerro, tantas velas pidiendo un milagro, tantas oraciones a San Antonio y San Benito para que enviara marido. Fugitiva sin destino por lo que no sabía aún qué se puede esperar de aquella que protegió el honor del criminal pero que cometió el segundo error de su vida y no le dio salida ese día que no era ni domingo ni día de muertos, error que hizo que ella, que mis hijos, se dieran cuenta de que estaban prisioneros en el cerro y que jamás saldrían por lo que qué otra cosa se puede esperar de ella, de mí, la reina de la gallera que vigilaba de ojo de gallo y espolón afilado la salida del cerro, y es por ello, por lo que no me conocía, que logró escapar, le confió mi tía-abuela a Veremunda que como de costumbre andaba averiguando lo que no le correspondía.

—¿Cuándo vuelven a pasar Las arañas?, preguntó la tostaíta.

—Así fue como sucedió: al salir a devolver el caldero en que les enviaba diariamente el arroz con habichuelas, la carne frita en manteca de cerdo, las toallitas para limpiar el sexo, el sexo o la boca, cuando intenté bloquearle el camino para que no diera el paso fatal en ese día que no era domingo, ni día de muertos, ni de novenas fue que mi nuera se dio cuenta que yo había tejido una cuerda de sábanas para encerrar el cerro e impedir que el destino entrara.

—¡Ay!, exclamó la sempiterna señorita Hermenegilda de las Mercedes, —esa fue la cuerda que utilizó el sátiro parricida para guindar a quien le otorgó la vida y por el vacío que dejó al cortar la cuerda se escapó la primera indicando así el camino.

—Y yo le había advertido a María Treniá que había que untarla con miel de purga para volverla invisible, dijo Veremunda Nonata.

—Hasta Santa Olaya logró escapar la infame, añadió la sempiterna.

—Juanuca Rivera fue la que encontró botado el caldero al lado del pozo y al ir a devolverlo a su dueña conoció a Ado que bajaba de su hamaca pese a que ese día le advertí a Ado que no era día de levantarse, que era día de acarrear desgracia, musitó Veremunda Nonata.

—¿Desgracia para quién?, preguntó la tostaíta escarbando en su memoria mientras nos dirigíamos al centro.

—¡Pa Dimas!, exclamó desvaneciéndose Juanuca.

Y claro, cuando se revuelven yaguas viejas siempre se encuentran cucarachas.

Adelaida tampoco miraba para atrás y quizás fue por ello que siguió a Justina el día en que ambas escaparon de los sueños despeñándose en Naranjito para encontrarse con los sueños atravesados de las lechonas, primer signo del destino que unía sus vidas; las lechonas idas en jugo y los nombres ocultos de sus descendientes jugando a empujar gandules con el malango sin que la sonrisa de Adelaida, la chota llena, explote de risa y contorsiones en la curva del camino. Y en esa curva los perros no mean y hasta las iguanas pasan en punta de pies para que los gandules no caigan al vacío y la mano de Encarnación Alta Gracia, la única hija de Adelaida, se cierra para presta con sus nudillos, indicar el camino al malango.

Y la mano de Encarnación lo agarraba desde abajo y subía frotándolo, y con su palma lo apoyaba contra su vientre y con sus dedos tamborileaba en él melodías de amor hasta que lo ponía rojo y a punto de explotar y en ese momento lo refrescaba con sus labios carnosos y lo calmaba moviéndolo hacia los cuatro puntos que dominaban la curva de Adelaida y señalándole el camino hacia Evangelina.

—¿De quién era el mafafo?, preguntó la sempiterna, como sin darle importancia.

—¿Alguien ha visto a Dimas?, preguntó a su vez la tostaíta.

—¡Chacha!, sospechó la Moriviví.

Y Veremunda soñó que la poseían, pero que al mirar a su amante el espejo no le devolvía otra imagen.

Al salir de la curva siguiendo el camino en que desaparece la dama de blanco, en el cuarto claro apuntando para Santa Olaya, tenían su solar Pedruco y su mujer, Evangelina.

—Uno siempre busca construir cerca de la familia, dijo misteriosa la Reverenda Conchi.

—¿Y cuando no se conoce a la familia?, le preguntó la Moriviví.

Evangelina era de esas hembras de faldas arremangadas, de esas hembras de rascarse al viento, de esas hembras bendecidas de sonriente crica y patas abiertas, era hembra del cerro pese a que solamente subió aquel día en que sin esperar dispensa se levantó las faldas para cucar a Pedruco.

Sí, en el solar de Pedruco vivía y amaba Evangelina Rivera sonriendo en su cocina cuando sus manos llenas de lágrimas de cebolla se sobaba la crica para que llorara por los amores de aquellos que no conocían el amor. Bondadosa Evangelina, bondadosa y vivaracha, por lo que el jugo de la cebolla aumentaba el picor y jumando una yuca brava podía tenderse en la hamaca y esperar ida en jugos hasta que llegara Pedruco a quien en ese instante un escalofrío le recorría el cuerpo y una fuerza sobrenatural, estuviera donde estuviera, lo obligaba a regresar. Resabiada le había salido la mujer a Pedruco, y ni las aguas del río calmaban sus brasas salvo los sábados por la noche cuando en el patio pasaban Las arañas.

Había subido como suben las faldas, y tras el amor bajó como bajan las faldas tras poseerlo: redondas, colgando satisfechas, apoyando delicadamente su reborde al reborde del camino. Subió sin pedir permiso y bajó riendo hasta la curva de Adelaida, y de mi tío-abuelo Pedruco se supo solamente que lo envolvieron con piedra laja, que tenía más sonrisa que Adelaida y que en las noches en que las faldas salen de conquista la curva se ríe con más fuerza.

Fue la última vez que pasaron Las arañas que desapareció mi prima Encarnación Alta Gracia. La heroína de la serial, una exhuberante rubia platinada de caribeñas caderas, luchando por escapar de sus bragas escapó una vez más de las siniestras arañas y por primera vez extendió sus sonrientes brazos hacia el solar y, claro, se armó el salpadentro. Todos, todos salvo yo que no tenía para pagar la taquilla, se arrojaron en sus brazos, el templo de cartón se fue al carajo y la heroína y Encarnación Alta Gracia se elevaron por sobre el caldero donde hervían incansables las patitas de cerdo, y se dieron un beso en el aire.

—Chacha, no se lo vayan a decir a Veremunda. Yo creo que en secreto estaba enamorada de la heroína, por eso soñaba la película, reveló la sempiterna.

Cuando el héroe logró abrazarla y poner orden en el salpafuera que se formó nadie se acordó de Encarnación y así fue que esa noche desapareció Encarnación Alta Gracia y nuevamente apareció, rubia platinada y cinematográfica del cinematógrafo de los sábados en la noche, casi como respirando sin respirar, caminando por el solar, mi tía-abuela la Moriviví; y en cada salpafuera que armaban en medio de la película la Moriviví y Encarnación Alta Gracia se divertían cambiando de papeles con la que se había quedado adentro hasta que al final ninguna de las dos supo cuál era cuál y a cuál de ellas le habían faltado el respeto y cuál era la hija, cuál era la madre y quién diablos era la puta que agonizaba en los brazos de aquella que conocía las artes y el secreto, Adelaida Rivera.

Como yo no tenía para la taquilla no podía entrar y pese a que no existía supe; y usted, pese a que se estaba comiendo las patas de cerdo aprovechándose del alboroto, usted también supo, abuelo Marieta.

Era el veintinueve de octubre, el mismo día en que San Narciso entró traidoramente en la vida del cerro desde Fajardo y no de Santa Olaya y revolvió definitivamente los rollos de vida que tejía Castidad del Rosario con los rollos de Las arañas y los nuestros. Los nuestros y nuestros enemigos los Rivera aprendieron el camino y se dedicaron a complacer a la heroína, hija de Adelaida Rivera, y a pelear con las arañas, los nuestros, que la perseguían como perseguían a nuestros enemigos para envolverlos en las mortajas que tejía Castidad del Rosario antes de arrojarlos en el cementerio clandestino que queda detrás del colmado de Tongo.

—Pero eso yo ya lo sabía, dijo Veremunda Nonata. —Además, no fue San Narciso, la que llegó fue Santa Juana la tercera y a la que besó fue a mí y no a Juanuca.

—Y claro, como me sacaron el caldero para cocinar las patitas de cerdo no tuve dónde preparar el tembleque y por eso fue que me quedé antojá, susurró la sempiterna señorita Hermenegilda de las Mercedes, —y fue San Narciso y no Santa Juana la tercera, lo que pasa es que a Veremunda ya se le habían enredado los deseos.

—Y el beso se lo dio Ado y tras el beso la poseyó y de esa unión ilegítima nació Dimas.

—Así que Ado y Juanuca fueron amantes, dijo la sempiterna.

—No, Ado y Adelaida, dijo Justina.

—Entonces, no eran familia, constató la reverenda.

—Eran familia, eran primos hermanos por lo que Ado, el primero de la tribu, venía de mí y del doble del abuelo Marieta, aclaró Justina.

—¿De su hijo, mi abuelo, abuelo Marieta?, pregunté.

—No, del doble del primero, el primero que bajó del cerro del frente, explicó Justina.

Y al descubrir la terrible verdad, la tercera curva dejó de sonreír y no dejó pasar la cuarta nave.

—Cierto, fue San Narciso, pero por lo que su lecho estaba ocupado por aquella que no se resignaba a partir el espíritu me escogió a mí, le sopló en voz baja la reverenda Conchi a Encarnación Alta Gracia para que la sempiterna señorita Hermenegilda de las Mercedes no escuchara.

Pero ya la sempiterna había comenzado a viajar su segunda vida.

Esa noche, tras el paso de San Narciso se fue la luz y pese a que Encarnación Alta Gracia había desaparecido en la sábana y con nuestro gesto la condenábamos a vagar por la eternidad en su interior, la descolgamos y nos sentamos a su alrededor formando un círculo mágico y le pedimos a la reverenda Conchi que nos tirara las cartas.

La primera fue la sempiterna señorita y . . .

—Lo que pasa es que en secreto consultó a Victoria, por eso tiró un ocho, explicó la reverenda Conchi.

—Eso le pasa por traidora, dijo Veremunda.

—Una no cambia su suerte por cambiar de adivina, añadió la Resucitada.

—Y el ocho es un número como bastardo, dos bolas, una encima de la otra . . .

—Así no valen, dijo la sempiterna, por lo tanto el oráculo no sirve.

. . . una encima de la otra, símbolo de lo estático y describe a una fémina tímida, reflexiva y honesta . . .

—Mmmmmmmm, se escuchó emitir con un

dejo de orgullo a la sempiterna.

. . . con un cierto pudor . . .

—¡Claro!, como se cree señorita, dijo con manifiesta mala fe Veremunda,

. . . femina modesta, fiel, dulce pero de una sexualidad reprimida, con una sexualidad de pequeña participación, llena de inhibiciones y temores, terminó la reverenda Conchi.

—¿Qué?, interrogó con furia la sempiterna señorita, —mire, acuésteme el ocho y métamelo hasta el infinito y veremos si mi participación es débil, y si quieren saberlo mi único temor es que el mafafo no llegue hasta donde tiene que llegar.

—Cierto, se sorprendió la reverenda Conchi, el ocho cuando sale acostado indica alegría, satisfacción, esperanza y diversión asegurada, ¿Y a ésta quién le enseñó a leer las cartas?, le preguntó a aquella que nos observaba desde fuera del círculo.

—La hice sin amor, pero al igual que a todas le entregué la posibilidad de ser feliz, explicó, bondadosa, Justina; —pero se me olvidó advertirle que el ocho es el número de la muerte, la transformación y la soledad.

—¡Ayyyyyy!, se quejó la sempiterna, —y no es cierto que me entregara la posibilidad de ser feliz.

Para conseguir hombre la sempiterna debía haber hervido siete ramitos de yerba buena. Una vez el agua coloreada tenía que añadirle miel, ron y el agua que queda del baño semanal al que tenía que agregarle siete gotas de Suerte Rápida y un pedazo del panty que estaba usando el día de este trabajo. El pedazo, precisó, se corta de aquella parte que está en íntimo contacto con la crica, se añade en el recipiente y se lleva a ebullición.

—¡Chacha! Y yo que me saqué el panty para joder a la sempiterna, se quejó Veremunda Nonata.

—Una vez que el líquido se enfría, continuó la reverenda Conchi, se coloca frente a la imagen de Yemayá y se le enciende una vela amarilla. Cuando la vela se extingue se moja el tentagallinas en el líquido y se pasea por los bordes del agujero que quedó en el panty tras sacar el pedazo pronunciando: Que por esta puerta entre el hombre que me haga feliz. Tiene que repetir el gesto por tres noches seguidas.

—¿Y si no funciona?, preguntó la sempiterna.

—Si no funciona, las cosquillas no te las quita nadie, le respondió riendo la Moriviví mostrándonos el agujero que tenía junto al séptimo lacito.

—Mi problema no era el encontrar quién entrara, mi problema era el amarrarlo para que no se lo llevara San Pancracio, dijo Casandra.

En ese caso se necesita de siete clavos nuevos, una vela blanca que encenderás en honor a Obatalá, dos muñecos -uno representando el mafafo de tu marido, amante o del hombre que se desea amarrar y el otro la puerta que quiere permanecer entreabierta- siete gotas del perfume Siete Machos, una tablita del corazón de la palmera . . .

—¡Ay, no!, la palmera no, exclamaron a coro mis Titís.

O de mangó , se puede reemplazar por una

tablilla del corazón de mangó -aunque en ese caso no se garantiza que lo retengan por siete años -y corten siete papelillos con el nombre de las dos personas.

—Cómo se escribe chupacavras?, preguntó con pésima ortografía la sempiterna.

—Se pone la pareja en la tablilla y alrededor de ellos anda clavando uno a uno cada papelillo con uno de los clavos de manera que los muñecos queden bien cercados. Una vez terminado el círculo, rocéalos con las siete gotas de Siete Machos, enciende la vela blanca frente a la estatua de la virgen de las Mercedes diciendo: Así como arde esta vela, yo quiero que su corazón arda de amor por mí. Obatalá, te lo suplico, no dejes que se escape, lo quiero para mí, y a cambio de ello te ofrezco cada viernes una vela blanca como tu pureza y como la pureza de mi amor. Mantén el altar durante tres días seguidos comenzando un miércoles.

—Se puede amarrar un . . .? y la sempiterna se interrumpió diciendo, —perdón, sé que ya lo había preguntado, pero es que esta vez tiré un siete dijo, tramposa, cambiando las cartas —y dicen que con un siete todo se puede intentar, incluso cercar la mala suerte.

—Y continuó rezando a coro con María Treniá:

Dios mío, óyeme en la petición para obtener/guardar el amor del hombre que yo quiero . . .

—Si no es justa mi petición, se les escuchó decir en coro,

. . . castígame y déjame en el dolor, se escuchó seguir solamente a María Treniá mientras la sempiterna tosía discretamente marcando el siete para poder tirarlo nuevamente.

Castíganos y déjanos en el dolor, insistió María Treniá, y todas, incluida la tostaíta, por una vez de acuerdo, la empujamos para que se fuera por el hoyo por cambímbora y pájara de mal agüero.

—Amén, cerró la tostaíta.

Encarnación Alta Gracia aprovechó del hueco que se había producido en el círculo para regresar a sentarse al lado de la Moriviví.

Al verla llegar la reverenda Conchi tuvo que purificar nuevamente las cartas para poder volver a tirarlas sin falsear el futuro, aunque ya todas sabíamos que nada es fortuito, que incluso los acontecimientos que parecen ser independientes están ligados y al final convergerán a un mismo punto y un mismo tiempo y en ese momento, sólo en ese momento se podrá conocer la historia.

—Todo está sincronizado, me susurró, Justina, dándome otra clave, —cuando una puerta se cierra otra se abre y a las tumbas se llega en ambas direcciones.

—Por ambos lados, interpretó la reverenda Conchi, —las cartas se soplan por ambos lados para expulsar las malas vibraciones. Luego se pasan una a una por el humo de un bastón de incienso y finalmente por la llama de una vela blanca; una vez purificadas se disponen en círculo en un lienzo blanco, y acompañó sus palabras con la acción dejando caer una carta frente a cada una de nosotras recorriendo una y otra vez el círculo hasta que quedó una, la que arrojó en el centro, y levantando su mirada preguntó:

—¿Quién se atreve a darla vuelta y mirarse en el espejo? Pero les advierto, esta vez el destino cobrará su precio.

En ese momento regresó la luz, y respirando al mismo tiempo entre todas colgamos nuevamente la sábana para continuar viendo Las arañas. La Moriviví fue la única que se dio cuenta que Encarnación Alta Gracia había vuelto a desaparecer y que la carta del medio estaba boca arriba.

En el solar flotaba un fuerte olor a trompeta del juicio.

—No respires, me dijo una voz, —por agradable que sea su aroma cuando se respira por mucho tiempo es perjudicial.

—¡Chacha, mi mala suerte no tiene límites!, exclamó con tristeza la sempiterna tras mirar de reojo la carta. ¡Era un mafafo!

Todo se produjo en la interjección de dos tiempos, uno, el tiempo de lo visible y el otro, el tiempo de lo invisible, y en la intersección de ambos es que se encontraban situadas las tres tumbas sobre cuyas puertas se reflejan la materia y la antimateria. Siete puertas se encuentran en cada tumba, siete que dan paso a siete esferas. La más elevada es la más rápida y por ella navega la serpiente mientras la más baja es la más lenta y abre el paso a los mundos inferiores. Siete esferas que se repiten en los espejos dando origen a un universo lógicamente estructurado, mostrando el camino hacia una totalidad armoniosa y trascendente.

—¿Entonces las tres tumbas se repiten?, pregunté angustiada.

—En ese camino, ¿también se encuentra la tercera curva?, preguntó ansiosa la sempiterna.

Y en agradecimiento Adelaida dejó que el viento se paseara haciéndole cosquillas entre sus piernas.

Uno es el otro pero no completamente pues al pasar del uno al otro una parte de sí mismo va desapareciendo y al final lo que queda es una parte del uno. Lo importante es saber en qué proporción uno refleja el otro yo, me explicó Justina.

—No era tan así, puesto que el Chupacabras tenía el poder del lenguaje de los pájaros: bastaba que nombrara algo para que ello existiera, dijo la reverenda Conchi.

—Pío, pío, intentó hacer trampa la sempiterna.

—¡De los pájaros, no de las gallinas!, le gritó Veremunda, perdiendo definitivamente la paciencia.

—Es que las gallinas mean, le replicó triunfante la sempiterna.

En este mundo, para formar el uno, primero se tiene que fraccionar el comienzo, al unirse en el paso de una tumba a otra, de un cuerpo a otro, de los nuestros, los Cruz, a nosotros los Rivera, por un proceso de alquimia se regresa al uno pero para lograr la proporción divina se necesita partir de dos y por ello, pese a que se pierde en el paso, el resultado es mayor.

—¡Oh siete potencias que estáis alrededor del Santo sepulcro! Humildemente me arrodillo ante vuestro cuadro milagroso para implorar vuestra intercesión ante el destino. Padre amoroso que proteges toda la creación, animada e inanimada, real o reflejo, se encuentre en el primero o en el último de los doce mundos, a ti te pido que accedas a mi petición y me devolváis la paz de espíritu alejando de mi casa y mi familia los escollos que son la causa de mis males. A ti te suplico esclarezcas mis dudas para que jamás vuelvan a atormentarme. Mi corazón me dice que mi petición es justa como justo es el deseo, y si accedéis a ella y satisfaces mi deseo y me vuelves una, tu nombre ganará en gloria y será bendito por los siglos de los siglos. Así sea, en el nombre del Padre, del hijo y. . .

—Oyeme, Changó!, ¡Escúchame, Ochún!, ¡Atiéndeme, Yemayá!, ¡Mírame con buenos ojos, Obatalá!, ¡No me desampares, Ogún!, ¡Seme propicio, Orula!, ¡Intercede por mí, Eleguá!, y tú, concédeme lo que te pido por la intercesión de las siete potencias africanas, ¡Oh!, Santo Cristo de Olofi, dijimos todas.

. . . y del Espíritu Santo, añadió la Treniá regresando del hoyo.

Así le rezamos todas y cada una de nosotras, reviviendo en nuestros cuerpos, para expiar nuestro pecado, los siete dolores de la madre de aquel a quien invocáramos.

¿Que si sé lo qué pasó con Adelaida Rivera? Estaba enredada en sus sábanas, abuelo Marieta y eso desde el comienzo que lo sabía, me lo dijo la dama de blanco la primera vez que se me apareció sollozando en la curva de Adelaida Rivera.

Cierto, existió y la amé y por ello . . . y su voz ahogada por el recuerdo, abuelo Marieta, hizo una pausa antes de continuar, pero hasta hoy creí que solamente yo la podía ver.

Todos la podían ver, pero solamente nosotros, usted, el primero, abuelo Marieta, y yo, la última, podíamos conversar con ella.

¿Ado? Ese no volvió, por lo que nunca salió. Era su recuerdo el que ocupaba la tumba al lado de tu padre.

¿Mi padre? Por lo que él sonreía, su nieta, la resucitada, con la ayuda de la dama de blanco, le indicó el camino y pasó. Ya lo sabía yo, la voz me había dicho desde el comienzo que había uno que escapó.

¿Cómo escapó?

Le mostraron la entrada secreta que estaba escondida tras el templo, aquella que utilizaban la Moriviví con mi prima Encarnación Alta Gracia para cambiar sus deseos y revolcarse con las arañas.

Veremunda nunca la descubrió por lo que se le habían enredado los deseos y le propuso matrimonio a mi madre y cuando ésta la rechazó no pudo soñar el resto de la historia.

—Y si la rechazaron quiere decir que me quedaba una esperanza, suspiró la sempiterna señorita Hermenegilda de las Mercedes.

No, no fue por los deseos, no, sino porque su sábana estaba ocupada por el espíritu de Justina, abuelo Marieta, y nadie sino usted se acuesta con un desaparecido. Es por ello que mi tía-abuela continuaba y continuaría limpiando las piernas de su nieto y de la historia con grasa de iguana, por lo que, abuelo Marieta, la historia ya había sido soñada.

No es justo, cierto, no es justo pero fue ella quien ayudó a pagar los asesinos del que ocuparía la tercera tumba, el último, aquel que no tenía la marca maldita en su frente, nuestro hijo abuelo Marieta, nuestro hijo de usted y de mí, yo, quien jamás abandoné la primera curva, yo, la asesina que asesinó sus propios sueños para impedir la historia, yo que me acosté con el mundo por lo que asesiné de mis propias manos al único hombre que amé, usted abuelo Marieta, yo, la resucitada, yo, la hija de Adelaida Rivera, su segura servidora.

Esa noche apareció por última vez en la sábana la imagen de Encarnación Alta Gracia, sus ojos tristes, una yautía coronando esa reina sin reino, sin amor, la sábana cortando su retirada, ocultando su espalda encorvada de desilusiones, derecha de amores no tenidos, acariciando el cuerpo violado en el deseo, violado de no despertar deseo; imagen que colorearon de cinematográfico deseo ocultando los deseos, que embadurnaron de indignidad violando su dignidad al querer hacerla digna -pero de la dignidad por sus descendientes entendida- en una indigna paleta de colores que intentaban ocultar el trópico y el deseo que corría por su cuerpo y por la sábana, rota sábana con la que intentaron ocultarlo, a su deseo, que el primero corría por el solar de Ado.

Nadie atraviesa impunemente el trópico sin dejar parte de sus sueños, de su piel o su locura o por el contrario, nadie lo cruza para salir completamente loco a un mundo que nunca volverá a entender y en el que jamás volverá a sonreír, castigo de aquellos que murieron de viruelas por haber pisado su morada, y te lo digo yo, que nací en Naranjito.

Hasta que un día tomando desayuno junto a mi padre vi reflejado en el vidrio empañado el rostro de los asesinos e intenté prevenirlo pero ya era demasiado tarde. Entienda, fue su mano la que asesinó sus sueños pero fueron otros los asesinos, otros, aquellos que lo empujaron a la primera de las tres tumbas del cementerio clandestino que domina el cerro por lo que mi padre no fue el primero, pero ellos no lo sabían.

Hoy, sola, jugando con su sonrisa observo desde la lejanía la casa que en el viejo San Juan mi padre soñara habitar con mi madre, con un patio para que jugáramos mi hermano y yo, con espacio para amarse, con una blanca terraza para que paseara el pensamiento, con una hamaca para que sus sueños descansaran, casa que habitaron tomados de la mano riendo sus ojos abiertos los párpados cerrados, sonriendo felices corriendo en sus deseos, jugueteando, riendo con nosotros, mi hermano y yo, mi hermano al que enterraron en la segunda tumba por lo que también soñaba. Y yo sobreviví por lo que oculté mis sueños y su sonrisa, como me lo enseñara mi madre en el momento de mi concepción, y niña solitaria y sin infancia por fin puedo jugar, jugar con la sonrisa de mi madre, con los sueños de mi hermano y con los miles de gatos sarnosos que se pasean libres por el cementerio que cual piedra laja va cubriendo, como una maldición, el solar del primero de la tribu de amantes sin amor, mi tío-abuelo Ado.

Puedo jugar con los sueños mientras la primera tumba me extiende sus brazos, a mí, la guardiana eterna del solar de Ado, y al entrar en ella y abrir la tumba descubrí un espejo que lentamente, muy lentamente comenzó a flotar para venir a mi encuentro. Hola, papi.

No, me dijo el abuelo Marieta, la primera tumba no está habitada por tu padre, en la primera tumba enterré a aquel que maté de propia mano para que la masacre no sucediera, aquel que nunca se fue, tu tío-abuelo Ado, el primero de la tribu de los amantes sin amor.

—¡Ay!, se quejó por primera vez en su existencia Justina.

—No, dijo Veremunda Nonata, —esta es la verdadera historia, una voz me la contó de sus propias palabras antes de morir. Así fue que dijo tu padre: me estoy muriendo, muriendo de hastío, . . .

—Chacho!, todas nos estamos muriendo, interrumpimos a coro.

. . . muriendo mi imaginación al comenzar a pasear por tristes caminos, muriendo mis podridos dientes, muriendo mi sexo adolorido, muriendo mis ilusiones. . .

—Eso sí que no lo puedo aceptar, las ilusiones nunca mueren, dijo la sempiterna señorita.

—¿Y el sexo?, pregunté yo. Y mis Titís guardaron silencio.

. . . Me estoy muriendo de comenzar a caminar de paso lento, de paso muerto, muriendo de miedo de tomar la muerte en mis manos y poner fin a una lenta agonía. Me prometí que cuando llegara el día en el que no soñara pondría fin a mi insomnio, y me aterro. Vivir soñando puedo, vivir sin sueños, no . . .

—Todo depende de con qué se sueñe, dijo la reverenda Conchi.

—Yo, vivir sin sueños puedo, pero vivir sin sexo . . . ¡jamás!, exclamó la palmera.

. . . Pude llegar a sobrevivir la brutalidad humana, pude llegar a sobrevivir el que el camino me fuera negado por aquellos que manejan el camino de los sueños; pero vivir de insomnio, no.

—Si nos hubieran negado el camino del agua, nosotras no hubiéramos sobrevivido, dijo Casandra.

. . . Cada día me cuesta más el reír y hacer reír, cada día me cuesta más irme de mí mismo, y tú de pequeña voz me pides en la mesa: papi, cuéntanos algo de ti que nos haga reír y cada día me cuesta más reírme de mí mismo y no tengo derecho a entristecer tus ojos o los de tu madre o los de tu hermano, no tengo derecho a entristecer el sueño que quise comunicarles y, ¡horror!, cada día me cuesta más reírme de mí mismo. Me pregunto si tendré la valentía o seré el eterno cobarde que esta vez no desarmará las trampas y permitirá que los asesinos lleguen hasta mí. ¡Oh, te extrañaré! Hoy te hiero para permitir que me sobrevivas sin dolor, para que en mis hijos y en tí misma encuentres tu camino y me olvides. . .

—¡Zángano, linda la que encontró!, lo interrumpió la sempiterna.

. . . Lo pedí, quiero mis cenizas dispersas en el mar, y como en broma digo a mis hijos cuando entren al agua vendré a juguetear con ustedes, a hablarles de mis nuevos sueños, de cómo me encuentro donde no pueden herirme y puedo nuevamente cabalgar sonriendo, cantando, al encuentro de mi nueva y definitiva muerte. ¡Oh!, no se pongan tristes, los adoré, los adoro y por ello se que entenderán, y cuando intentaste prevenirme, hija mía, fue solamente por lo que eras muy pequeña, y al abrir la tercera tumba ya habías crecido y me susurraste: descansa, por fin descansa y sueña, por lo que cuán difícil es soñar sin que te hieran.

Y eso lo estoy aprendiendo, le dije a la voz, al igual que de ti aprendí a deshacer las trampas y por mí misma tendré que aprender a dejarlas abiertas cuando llegue mi hora. Por el momento tengo que ocuparme de mi madre y de mi hermano y hacerlos reir riéndome de mí misma como tú me hacías reír para que esa deliciosa mezcla de lágrimas y risas preserve sus sueños y sé que me designaste tu heredera, tu heredera y tu verdugo. Chao papi, comencé a despedirme.

Eso fue lo que le dijo cuando le pidió que lo guindara con la cuerda hecha de la sábana del cine de los sábados, confirmó la reverenda Conchi.

—Ahora entiendo por qué no volvieron a pasar Las arañas, dijo la sempiterna.

Y al final. ¿Quién se acostó con quién, quién mató a quién y quién está enterrado en la primera tumba?

Todos se acostaron con todos y en el fondo todos fuimos cómplices del asesinato puesto que esta historia es muy humana, y nuestra familia se hizo de amantes, polvos y secretos escondidos. Recuerda que te transmití las claves el día de tu concepción, me recordó la voz de mi madre.

Y siguiendo su consejo saqué la última sábana, la del cine, aquella que cerraría mi historia, la tendí en medio del círculo mágico y abrí lentamente mis piernas para dar cabida a la matita de café que lentamente salía del solar para acariciar mis piernas, separar mis labios, abrazar y besar mi columna del amor antes de perderse en el canal que se abría al mismo tiempo que mi boca se abría para dejar escapar mis primeros gemidos de placer. Y al explotar en jugos miré el cielo que se abrió ante mis ojos y me dejó ver el primer espejo y en él reflejadas las tres tumbas, el solar de Ado y yo, acostada sobre la última sábana en la proa de la nave de los muertos.

—Entonces ahí puedo encontrar a mi madre, dijo la Moriviví.

—Al fondo, en el séptimo planeta, es la puerta con un bombillo rojo, le dijo la reverenda Conchi. —Pregunta por la Resucitada, ella te va a contar su historia.

—Ay Dios, por la eternidad no, exclamó la sempiterna

—A lo mejor nos toca un buen mafafo y en ese caso la eternidad . . ., le dijo consoladora Veremunda Nonata, sabiendo que mentía de pura lástima.

—Yo les había dicho que Ado no se fue, dijo abuelo Marieta.

—Y Juan Rivera tampoco, lo mataste cuando descubriste que era mi amante, le reprochó suavemente mi abuela Justina, —y a Ado lo mataste, no por lo que me hizo, sino por lo que no podías aceptar que era un Rivera, y pese a mi amor no lo pude defender.

—Entonces, por eso lo ayudó a guindar a su padre, no por lo que una madre es una madre, dijo Veremunda.

—Y tras asesinar a Juanuco asesinó a su nieto, usted, abuelo Marieta. Y usted tampoco había abandonado el cerro.

—Lo aprendiste, no se trataba de mirar en círculo, me susurró la voz, se trataba de aprender a mirar en el espejo. Dicho lo cual la primera tumba cerró para siempre sus puertas para que mi padre descansara en paz mientras la nave se adentraba en la eternidad en busca de otros puertos y otras tumbas.

—¿Por el ombligo?, preguntó mi tía-abuela, la sempiterna señorita Hermenegilda de las Mercedes.

Otros títulos publicados por
Ediciones Nuevo Espacio

Ado's Plot of Land
Gustavo Gac-Artigas - Chile
Aún viven las manos de Santiago Berríos
José Castro Urioste - Perú
Benedicto Sabayachi y la mujer stradivarius
Hernán Garrido-Lecca - Perú
Beyond Jet-Lag
Concha Alborg - España
Buenos Aires
Sergio Román Palavecino - Argentina
Como olas del mar que hubo
Luis Felipe Castillo - Venezuela
Correo electrónico para amantes
Beatriz Salcedo-Strumpf - México
Cuentos de tierra, agua.... y algunos muertos
Corcuera, Gorches,
Rivera Mansi, Silanes - México
El dulce arte de los dedos chatos
Baldomiro Mijangos - CDLibro- México
Exilio en Bowery
Israel Centeno - Venezuela
La edad del arrepentimiento
Blanca Anderson Córdova - Puerto Rico
La lengua de Buka
Carlos Mellizo - España
La última conversación
Aaron Chevalier - España
Liliana y el espejo
David Bedford - Argentina
Los mosquitos de orixá Changó
Carlos Guillermo Wilson - Panamá
Melina, conversaciones con el ser que serás
Priscilla Gac-Artigas - Puerto Rico

Off to Catch the Sun
Alejandro Gac-Artigas - Latino
Poemas de amor y de alquimia - Bilingual
Blanca Anderson Córdova - Puerto Rico
Prepucio carmesí
Pedro Granados - Perú
Rapsodia
Gisela Kozak Rovero - Venezuela
Ropero de un lacónico
Luis Tomás Martínez - Republica Dominicana
Simposio de Tlacuilos
Carlos López Dzur - USA Latino
Todo es prólogo
Carlos Trujillo - Chile
Under False Colors
Peter A. Neissa - USA
Un día después de la inocencia
Herbert O. Espinoza - Ecuador
Viaje a los Olivos
Gerardo Cham - México
Visiones y Agonías
Héctor Rosales - Uruguay
Yo, Alejandro - English - 2nd. Ed.
Alejandro Gac-Artigas - Latino
Yo, Alejandro - ***Edición Bilingüe***
Alejandro Gac-Artigas - Latino

Academia:
Caos y productividad cultural
Holanda Castro - Venezuela
Double Crossings
Editors: Carlos von Son, Mario Martín Flores
Reflexiones, ensayos sobre 44 escritoras hispanoamericanas contemporáneas - 2 Vols.
Editor: Priscilla Gac-Artigas
The Ricardo Sánchez Reader / CDBook
Editor: Arnoldo Carlos Vento - USA

www.ingramcontent.com/pod-product-compliance
Lightning Source LLC
LaVergne TN
LVHW090936080826
845145LV00003B/769

* 9 7 8 1 9 3 0 8 7 9 3 7 9 *